História policial

Imre Kertész

História policial

Tradução do húngaro
de Gabor Aranyi

TORÐSILHAS

Copyright © 1977 Imre Kertész
Copyright da tradução © 2013 Tordesilhas
Publicado originalmente sob o título *Detektívtörténet*

Todos os direitos reservados. Nenhuma parte desta edição pode
ser utilizada ou reproduzida – em qualquer meio ou forma, seja
mecânico ou eletrônico –, nem apropriada ou estocada em sistema
de banco de dados, sem a expressa autorização da editora.

O texto deste livro foi fixado conforme o acordo ortográfico vigente no Brasil
desde 1º de janeiro de 2009.

PREPARAÇÃO Fátima Couto
REVISÃO Célia Regina R. de Lima e Marina Bernard
CAPA Andrea Vilela de Almeida
IMAGEM DE CAPA dpaint / shutterstock.com
1ª edição, 2014

CIP-Brasil. Catalogação na publicação
Sindicato Nacional dos Editores de Livros, RJ

K47h
Kertész, Imre
História policial / Imre Kertész; tradução Gabor Aranyi. - 1. ed. - São Paulo: Tordesilhas, 2014.

Tradução de: Detektívtörténet

ISBN 978-85-64406-88-9

1. Romance húngaro. I. Aranyi, Gabor. II. Título.

14-08824

CDD-894.511
CDU: 821.111(439)

2014
Tordesilhas é um selo da Alaúde Editorial Ltda.
Rua Hildebrando Thomaz de Carvalho, 60
04012-120 – São Paulo – SP
www.tordesilhaslivros.com.br

Sumário

História policial   7
Nos subterrâneos do século xx   113
Sobre o tradutor e o posfaciador   119

História policial

PREFÁCIO DO AUTOR À PRIMEIRA EDIÇÃO EM LÍNGUA ESTRANGEIRA

No começo da primavera de 1976 terminei meu romance *O rastejador* e apresentei-o, como mandava o figurino, a uma editora estatal. Dificilmente poderia ter agido de outra maneira, pois naquela época, na Hungria, existiam apenas editoras estatais. Aos meus olhos, as duas editoras que se especializaram na chamada "literatura húngara contemporânea" distinguiam-se uma da outra pelo fato de uma ter se recusado a editar meu romance *Sem destino*, ao contrário da outra, que o editara. Nem preciso dizer que me dirigi a essa última, e os originais, acompanhados das devidas recomendações de um leitor, chegaram de fato às mãos do diretor da editora, um senhor bem-vestido, de cabelos grisalhos, astuto e precavido, cercado pelo amargor do conformismo de longos anos e por um leve odor de conhaque francês. Leu *O rastejador*, e também o editaria de bom grado – declarou-me – se fosse um texto maior. Um livro precisava ao menos de dez páginas inteiras para que "tivesse corpo", e o meu texto não passava de seis páginas, se tanto. Sugeriu-me que acrescentasse algo. Então me veio à mente outra vez o enredo de *História policial*. Era uma velha ideia que me passara certa vez pela cabeça e com a qual brinquei por algum tempo – e depois, enquanto escrevia *Sem destino*, esqueci. À primeira vista, o material não me parecia atraente para uma editora. Como seria possível publicar, numa ditadura que chegara ao poder de modo ilegítimo, diante dos olhos de censores atentos, uma história que fala sobre a técnica da conquista do poder por meios ilegítimos? E, se eu encontrasse um subterfúgio "hábil", estaria me arriscando a prejudicar o efeito, o radicalismo da história. Por fim, resolvi que não abriria mão da ação "revoltante", porém transferiria a história para um país imaginário da América do Sul.

Esse trabalho representou um desafio incomum para mim. De um lado, ainda não havia escrito nenhum romance inspirado por uma necessidade existencial imediata e angustiante. Inventar uma história sem mais nem menos não era bem o meu gênero. Meu organismo de escritor – vou chamá-lo assim – acostumara-se a trabalhos problemáticos de longos anos, quando não de décadas, contrariamente ao de *História policial*, que eu deveria aprontar em duas semanas para que pudesse se adequar aos "limites de tempo" das editoras estatais e ser publicado ainda no ano seguinte, em 1977.

Agora, vinte e sete anos passados, o leitor tem em mãos a primeira edição em língua estrangeira de *História policial.*[1] Espero que esta obra tenha conservado até os dias de hoje algo do frescor da época em que foi gerada.

---

1   Prefácio escrito para a primeira edição do livro em alemão, publicada pela Rowohlt Verlag GmbH em 2004. (N. da E.)

1

Os originais que ora torno públicos me foram confiados por Antonio R. Martens, meu cliente. Saberão quem ele é. Por suas próprias palavras. Como preâmbulo, quero apenas lhes dizer que, dado o seu baixo nível de escolaridade, ele demonstrou possuir uma qualidade surpreendente para escrever – como todos, aliás, conforme a minha experiência, que uma vez na vida resolvem enfrentar o seu destino.

Fui designado para ser o seu defensor público. Durante a ação penal, Martens não tentou negar ou suavizar a acusação de ter participado de vários assassinatos. Ele não se encaixava em nenhum dos comportamentos que eu havia conhecido em situações semelhantes até então: negação obstinada tanto no que diz respeito às provas materiais como no sentido da responsabilidade pessoal; ou então aquela compunção lamuriante cujos verdadeiros motivos são a falta brutal de compaixão e a autopiedade. Martens relatava seus crimes de maneira desinibida, voluntária e solícita, com uma indiferença insensível, como se estivesse relatando as ações de outra pessoa e não as dele próprio – de um outro Martens com quem ele já não se identificava, apesar de estar pronto para assumir as consequências dos seus atos sem demonstrar nenhuma emoção. Eu o considerava uma pessoa cínica ao extremo.

Um dia ele me procurou com um pedido surpreendente: que eu obtivesse permissão para ele poder escrever na cela.

– Pretende escrever sobre o quê? – perguntei-lhe.

– Sobre o fato de ter compreendido a lógica – respondeu-me.

– Agora? – disse-lhe eu, surpreso. – Enquanto praticava seus atos não a compreendia?

– Não – respondeu-me. – Enquanto os praticava, não. Antes, uma vez, eu compreendi. E agora compreendo novamente. Porém, no meio do trabalho a gente esquece. Mas – fez um gesto com a mão – os senhores não seriam mesmo capazes de entender isso.

Eu o entendia mais do que ele podia imaginar. Apenas estava surpreso com o fato de, tendo ele aberto mão de sua capacidade de avaliação e julgamento para se tornar um reles parafuso de uma engrenagem, essa capacidade se manifestasse mais uma vez dentro de Martens e exigesse os seus direitos. Ou seja, que ele desejasse se manifestar e procurar o sentido de seu destino. De acordo com a minha experiência, esse é o caso mais raro. E, na minha opinião, todos têm o direito de fazê-lo, e fazê-lo à sua maneira. Até mesmo Martens. Assim, tratei de obter a autorização que ele queria.

Não se surpreendam com a sua maneira de se expressar. Aos olhos de Martens, o mundo devia parecer um desses romances policiais em que tudo acontecia com a segurança assustadora e a legitimidade duvidosa da única dramaturgia – ou, se preferirem, da única coreografia – possível das histórias de terror. E desta vez não em sua defesa, e sim apenas a bem da verdade, gostaria de acrescentar que esta história de terror não foi escrita apenas por Martens, mas também pela realidade.

Finalmente, Martens me entregou os originais. O texto aqui apresentado é autêntico. Não interferi em trecho algum, a não ser nos casos em que as deficiências de estilo me obrigaram a efetuar algumas correções. O conteúdo, entretanto, permaneceu inalterado.

2

Quero contar uma história. Uma história simples. Poderão chamá-la, depois, até de revoltante. Mas isso em nada muda sua simplicidade. Quero lhes contar, portanto, uma história simples e revoltante.

Sou Martens. Sim, o mesmo Martens que atualmente está diante dos juízes do novo regime. Diante dos juízes do povo, como gostam de ser chamados. Têm aparecido muitos artigos sobre mim: os diários sensacionalistas se encarregaram de tornar meu nome conhecido em toda a América Latina, talvez até mesmo do outro lado do oceano, na distante Europa.

Devo andar rápido; meu tempo, provavelmente, é curto. Trata-se do Dossiê Salinas: de Federico e Enrique Salinas, pai e filho, donos da rede de lojas de departamentos que cobre todo o nosso país, e cuja morte tanto surpreendeu as pessoas na época. Mesmo que então elas já não se surpreendessem facilmente. Mas ninguém pensaria que Salinas pudesse ser um traidor, que emprestasse seu nome à Insurreição. Mais tarde, o Coronel se arrependeu de termos publicado um comunicado sobre sua execução: sem dúvida, isso causou uma grande comoção – grande demais, e sem necessidade alguma. Mas, se não tivéssemos publicado esse comunicado, cairia sobre a nossa cabeça a acusação de falta de transparência e infração das leis. De um jeito ou de outro, nesse processo não havia como não errar. De resto, o Coronel já havia previsto isso com bastante antecedência. Aqui entre nós, eu também. Mas que outro tipo de reação poderiam ter provocado ainda sobre os acontecimentos as convicções de um investigador?

Na época eu ainda era novato no Departamento. Vinha da polícia. Não da política – eles já tinham sido incorporados havia mais tempo –, mas sim do combate ao crime. "Martens", me diz um dia meu chefe, "você não gostaria de mudar de setor?" "Ir para onde?", pergunto, pois, afinal de contas, sou policial, e não leitor de pensamentos. Ele então aponta com a cabeça: "Para o Departamento". Eu não disse nem sim nem não. A vida no combate ao crime era passável. Mas os assassinos, os ladrões e as suas putas já começavam a me cansar. Novos ventos sopravam então. Soube que alguns haviam sido promovidos. Diziam: quem se esforça tem futuro. "O Departamento precisa de gente", continuou meu chefe, "e fiquei imaginando quem poderia indicar. Martens, você é um sujeito talentoso. E lá pode se destacar mais rapidamente", ele acrescentou.

Era mais ou menos o que eu também pensava.

Fiz o curso, passei por uma lavagem cerebral. Não foi o suficiente, longe disso. Ainda sobrou muita coisa, muito mais do que eu precisaria – mas eles estavam danados de apressados. Tudo era muito urgente naqueles tempos. Era preciso estabelecer a ordem, apressar a Consolidação, salvar a Pátria, acabar com a subversão – e, ao que parecia, tudo isso recaía sobre os nossos ombros. "Isso você vai aprender na prática", diziam, quando algo me dava dor de cabeça. O diabo me carregue se aprendi alguma coisa. Mas o trabalho me interessava. E o salário, mais ainda.

Fui parar no grupo de Díaz (o mesmo Díaz que agora procuram sem sucesso). Éramos três: Díaz, o chefe (posso garantir a todos que ele jamais será encontrado), Rodríguez (que já foi condenado à morte, a uma morte só, quando merecia mil mortes, o miserável) e eu, o novato. E, é claro, os auxiliares, o dinheiro, amplos poderes e uma tecnologia ilimitada, que um simples tira não se arriscaria a aprender nem nos livros, para não pensar que era algo real.

Não demorou muito e, de repente, sobreveio o caso Salinas. Cedo demais, terrivelmente cedo. Justamente na época das minhas maiores dores de cabeça. Mas sobreveio, e não havia o que fazer: não poderei mais me livrar dele. Vou ter de contar a história para servir de lição aos outros, antes de ir embora... antes de me mandarem embora. Mas vamos deixar isso para lá; é o que menos me preocupa agora. Sempre estive pronto para enfrentá-la. Nossa profissão é arriscada; uma vez iniciada, o caminho de volta só nos conduz para a frente – como Díaz costumava dizer (sabem: aquele que é procurado em vão).

***

Como isso começou? E quando? Organizando minhas lembranças, vejo como é difícil rememorar aqueles primeiros meses após a Vitória: é difícil, e não apenas por causa dos Salinas. Bem, em todo caso, o Dia da Vitória já havia passado fazia um bom tempo, isso é certo – oh, fazia muito, muito tempo. Aos poucos, as faixas que atravessavam as ruas se afrouxaram e arriaram, as frases sobre a Vitória já estavam ensopadas; as bandeiras começavam a murchar, os alto-falantes já rouquejavam as marchas em tom surdo.

Sim, era isso o que eu via pela manhã todas as vezes que atravessava a cidade, da minha casa até o prédio de estilo clássico, conhecido por todos, onde se instalara o Departamento. À noite eu não reparava em nada disso. Não, à noite só reparava nas minhas dores de cabeça.

Nessa época, passamos por muitos contratempos. As semanas de lua de mel haviam ficado para trás: a população estava nervosa. O Coronel também. E ainda por cima tivemos notícia dos preparativos de um atentado. Era preciso impedi-lo – pelo menos deveríamos tentar fazer isso de todas as maneiras: a Pátria e o Coronel exigiam isso de nós.

O motivo de tudo era esse maldito nervosismo e a afobação que vinha junto com ele. Rodríguez se libertou, e Díaz – o eternamente tranquilo Díaz, cujas palavras sempre nos acalmavam – não tinha mais nada contra ele. Na verdade, foi quando comecei a ver onde eu estava e com que havia me comprometido. Como digo, ainda era um novato. Até então, ficava por ali meio à toa. Tentava compreender e vivenciar as coisas para poder fazer o que tinha de fazer. Sou um tira honesto, sempre fui, levo o trabalho a sério. É claro, mesmo sabendo que aqui no Departamento as medidas eram outras – eu achava que, mesmo assim, houvesse medidas. Pois bem, não havia, e foi então que as dores de cabeça começaram.

Não pensem que eu queira me desculpar. Para mim, agora já dá no mesmo. Mas, simplesmente, esta era a verdade: a gente acha que sabe tudo e que basta aproveitar as chances que os acontecimentos nos oferecem, mas depois descobrimos que tudo o que queremos é saber para onde estamos sendo levados de roldão.

Quem me deixava nervoso, em primeiro lugar, era esse Rodríguez. Aos poucos, ele se tornou uma obsessão. Queria conhecê-lo, compreendê-lo como... sim, talvez como ao filho de Salinas. É claro, de outra forma, mas com a mesma paixão investigativa. Um dia, digo-lhe:

– Rodríguez, por que você faz isso?

– O quê? – ele pergunta.

– Não banque o inocente comigo, seu cretino – digo-lhe suavemente. – Para de perguntar o quê?.

– Ah, é isso? – me diz ele com um sorriso irônico.

– Escute – continuo –, nós os caçamos, acabamos com eles, interrogamos, descobrimos as coisas: tudo bem, esse é o nosso trabalho. Mas por que você os odeia?

– Porque são judeus! – ele me responde de supetão. Fiquei tão surpreso que quase engoli o cigarro. Pensei: foi aquele livro que ele lia tão absorto ultimamente, e que agora também segurava na mão, que o deixou pirado. Eu lá poderia imaginar que Rodríguez soubesse falar inglês? E ele devia saber, pois o livro estava escrito em inglês, era uma edição americana – uma porcaria de contrabando. Vai saber como ele o obteve: talvez tivesse confiscado durante alguma busca. Só consegui entender uma única palavra do título espalhafatoso: "Auschwitz". Na realidade, essa palavra não era inglesa, e sim o nome de um lugar. É claro, eu já tinha ouvido falar disso vagamente: tinha acontecido havia muito tempo e num lugar muito longe, em alguma parte daquela miserável Europa Oriental. O diabo me carregue se entendi o que é que nós tínhamos a ver com aquilo, e o que isso tinha a ver com o que fazíamos.

– Sua besta! – digo –, neste país inteiro existem algumas centenas de judeus, no máximo mil, se tanto!

– Para mim tanto faz – diz ele. – Quem quer alguma coisa mais é judeu. Senão, por que iria querer mais alguma coisa?! – Fiquei só olhando para ele, pasmado. Que Rodríguez tinha um sentido de lógica, lá isso era verdade. Mas, uma vez que ele tivesse enveredado pelo caminho da lógica, não havia mais jeito de pará-lo. – Por quê? – ele berrou na minha cara. – Por que eles resistem a nós?!

– Porque são judeus. – Tentei acalmá-lo. Vi que sua pressão estava subindo. Cansei-me dele. E, por mais estranho que possa parecer, afinal de contas, sou policial, membro do Departamento, fiquei com medo dele. Seus olhos pareciam em brasa. Rodríguez tinha olhos de leopardo. Por Deus, não considerem isso um elogio. Ele tinha olhos amarelos e cílios alongados, como aqueles gatos malcheirosos comedores de cadáveres.

Mas eu tentava acalmá-lo em vão.

– Por que eles resistem?! – Ele agarrou o peito da minha camisa. – Queremos o bem deles, queremos tirá-los do lixo, melhorar a sua situação para que possamos nos orgulhar deles.

Sim, ele disse exatamente isso: "para que possamos nos orgulhar deles". Fiquei boquiaberto.

– E, mesmo assim, eles não querem a ordem – e continuava agarrando minha camisa –, mesmo assim eles resistem. Por quê?! Hein?! Por quê?!

Era uma pergunta difícil de responder. De fato: por quê? Eu não sabia. Nem agora sei. Não mesmo. Para ser sincero, nem me interessava saber. Nunca parei para pensar nos motivos; bastava-me pensar que de um lado existiam os criminosos e do outro, seus perseguidores. Quanto a mim, faço parte dos últimos. No combate ao crime, isso era suficiente; qualquer tipo de especulação consistiria num desgaste desnecessário. Mas, é claro, no Departamento a situação é outra. Aqui é preciso ter filosofia, como dizia Díaz. Ou então uma concepção moral do mundo, conforme nos ensinavam no curso. Na verdade, eu não tinha nem uma nem outra. A do Rodríguez me desagradava muito, e a do Díaz eu não entendia muito bem.

É possível que nem ele próprio pensasse aquilo seriamente. Com ele nunca se podia ter certeza de nada. Além do quê, parecia um tanto desconcertante, e Díaz era um homem sério. Sério e ponderado. Devaneios não combinavam com ele de modo algum. Um dia ele estava justamente passando os olhos sobre uns textos confiscados, a mixórdia revolucionária de sempre, com um charuto num dos cantos da boca e no outro, o sorriso inconfundível.

– Imbecis! – e bateu com a palma da mão sobre os papéis. – Só acredito mesmo numa única revolução, a revolução dos policiais!

– É isso aí! – concordou Rodríguez, soltando uma gargalhada.

– Idiota! – disse-lhe Díaz calmamente. Não havia nada de mais nisso, ele costumava falar assim. Mas dessa vez parecia estar zangado, se é que era possível Díaz demonstrar algum sentimento.

E em outra ocasião – já não me lembro bem qual –, de repente, ele disse:

– O mundo seria diferente se nós, policiais, fôssemos unidos.

Ao que eu respondi:

– Mas nós somos unidos, não?

– Não apenas aqui em casa, mas no mundo todo! – resmungou.

– Você quer dizer em todos os países?

– Isso mesmo – disse Díaz cruzando as pernas com elegância, balançando o tronco um tanto curto e atarracado na poltrona e envolvendo em misteriosa fumaça de charuto o rosto oleoso. Era de tarde, estávamos fazendo um pequeno intervalo, achei o ambiente propício. Às vezes a gente se sente bem batendo um papinho, até mesmo com o próprio chefe.

– Você quer dizer também os policiais dos países inimigos? – continuei a especular.

Ele levantou o dedo:

– Os policiais – disse ele – nunca são inimigos, em lugar algum.

Não consegui lhe arrancar mais nada, apesar de a tarde estar especialmente bonita.

Para concluir, não saberia dizer se ele de fato acreditava nessa ideia. Hoje estou propenso a achar que sim. Temos que acreditar em alguma coisa para justificar nossa imundície. De qualquer modo, ele frequentemente voltava a falar do assunto. Nunca de maneira totalmente séria, sempre com aquele seu jeito dúbio, mas eu não seria policial se não soubesse o que isso significa.

O diabo é que isso não me ajudava em nada. O fato é que, naquela época, de repente me flagrei gaguejando. E, em outras ocasiões, misturava na conversa expressões idiotas como: "tipo", "quer dizer", "como posso dizer" e outras parecidas – o que, de resto, nunca foi meu hábito. Imaginem só que beleza: um policial que gagueja, que não sabe onde enfiar as mãos e balbucia meias palavras. Rapidamente perdi esses hábitos. É preferível ter dor de cabeça.

Bem, não demorou muito para descobrirmos o que Rodríguez aprendeu naquele livro. Num belo dia, apareceu sobre sua mesa a estatuazinha. Era uma estátua pequena, de uns dez a quinze centímetros de altura, do tamanho de um peso de papéis. Mesmo assim, deu para ver tudo com clareza e perfeição. A partir de então, a estatuazinha não saiu mais da mesa de Rodríguez.

Logo ficou pronta, também, uma outra, parecida: já não era mais pequena; tinha um metro e meio de altura, mais ou menos. Rodríguez mandou seu assistente colocá-la no quarto ao lado. Ele havia encontrado esse homem entre os suboficiais, e, posso dizer, tinha escolhido bem: bastava olhar para a cara de macaco daquele sujeito para saber de quem se tratava, sem erro. De resto, era mudo como um tubarão e prestativo como um gorila domesticado. A gola de sua camisa militar estava sempre desabotoada, as mangas sempre dobradas até os cotovelos dos braços peludos, e ele fedia a suor, a aguardente e a outras porcarias. Aquele quarto era o império deles. Rodríguez o chamava de "meu centro de comando".

Não falo de bom grado sobre isso, mas é inevitável. O diabo me carregue se me interessa. Nem nunca me interessou. Mas agora eles só querem saber disso. Quero dizer, os juízes. Explico-lhes em vão que eu não chegava nem perto daquele quarto nojento. "Então", chega do púlpito a voz estridente, "o senhor afirma que não sabia o que se passava naquele quarto chamado de centro de comando?" Eu não afirmei coisa nenhuma. "Senhor promotor, eu só disse que nunca estive naquele quarto." "Então é assim", diz ele, triunfante. "E o que me diz da afirmativa da testemunha Quinteros de que viu o senhor mais de uma vez no tal centro de comando?" Bem, se a testemunha diz isso, então é óbvio que foi isso que aconteceu. Esses sabichões! Como se não me interessasse o fato de ter estado lá ou não. Mas o que é que posso esperar deles: magnanimidade? O fato de me permitirem pelo menos escrever na cela já é algo louvável. Isso, por exemplo, nós nunca admitimos. Era contra as regras.

Bem, como eu disse, a estátua apareceu sobre a mesa de Rodríguez. Tinha sido feita por um escultor lá de baixo: havia prisioneiros de todo tipo, por que não haveria também um escultor? Para dizer a verdade, nem era bem um escultor, era mais um entalhador de lápides. Mesmo assim, fez um bom trabalho. Usou madeira e um tipo de plástico, se é que vi direito. Era composta de uma base, da qual saíam duas colunas que terminavam cada uma em uma forquilha. Nessas duas forquilhas se apoiava uma barra que sustentava uma pequena figura humana, passando entre os joelhos dobrados e os pulsos algemados por trás dos joelhos. A bem da verdade, era uma geringonça de prender a respiração. Díaz a observava com ar carrancudo.

– O que é isto? – quis saber.

– Isto? É o balanço de Boger – disse então Rodríguez com grande carinho.

– Boger – repetiu Díaz, à procura de um empecilho. – E o que é Boger?

– É o nome do sujeito que a inventou – explicou-lhe Rodríguez. Com o indicador deu um pequeno empurrão na cabeça do boneco, que deu algumas voltas e depois, quando o impulso diminuiu, ficou só balançando na barra, de cabeça para baixo. Era-lhe visível a coxa, o traseiro entalhado mal-acabado, e, bem, o que está entre eles. Era um boneco do sexo masculino, justiça seja feita a Rodríguez. – Esta parte aqui – e fez um pequeno círculo com o dedo em torno dele – fica livre. Você pode fazer com ele o que bem entender. – E olhou para Díaz com um sorriso irônico. E eu, como se nem estivesse lá. Por sorte, aliás, porque decerto começaria a gaguejar de novo. E isso não causa uma boa impressão. – Ou então – continuou Rodríguez – você se agacha perto da cara dele e lhe pergunta o que quer saber.

Díaz resmungava. Atravessou a sala algumas vezes, com os braços presos às costas. Tinha o hábito de fazer isso quando estava pensando ou quando não gostava de alguma coisa. No dia em que se escafedeu, fez isso a manhã toda. No fim eu é que fiquei tonto.

Depois ele sentou de lado na mesa de Rodríguez.

– Para que diabos você precisa disso? – perguntou-lhe Díaz em voz paternal. – Já temos brinquedos de tudo que é tipo. Você aperta um botão e liga a força. É isso que se usa hoje em dia no mundo todo. É limpo e prático. Não serve para você?

Não, para ele não servia. Rodríguez não era adepto da mecanização.

– Assim – disse – não há contato direto.

– E para que ter contato direto? – perguntou-lhe Díaz.

Mas não conseguia convencer Rodríguez, que tinha suas próprias convicções. Era um sujeito estudado, o Rodríguez – sempre ia atrás do que lhe interessasse.

– As máquinas – disse – dão muito trabalho. Não passam de puro mecanismo. A gente poderia usar até um jaleco branco, como os engenheiros ou os médicos. Não há interação, é como se não cuidássemos do assunto pessoalmente, mas apenas por telefone. O delinquente não vê que, enquanto cuido dele, estou me divertindo. E – continuou – esse é o segredo para fazer efeito.

Repito: não falo disso de bom grado. Naquela hora também não disse nada. O fato de ser um novato na época contava bastante. Depois, tinha medo de começar a gaguejar ou de usar uma daquelas expressões idiotas. Só disse minha opinião a Díaz depois que Rodríguez saiu da sala para ver como as coisas andavam: é que no quarto ao lado o carpinteiro já estava cuidando da montagem da estrutura.

Eu lhe disse:

– Ele é um porco!

– É sim – assentiu Díaz com a cabeça, convicto, enquanto, distraído, fazia o boneco girar –, é um porco. Uma ratazana. Uma sanguessuga.

Calou-se. Ambos ficamos calados. O boneco miserável, pendurado de cabeça para baixo entre nós, também não se mexia.

– E você, rapazinho – disse ele levantando os olhos para mim de repente –, por que está tão assustado? – Às vezes o olhar de Díaz tornava-se desagradável, apesar de seus tranquilos olhos castanho-escuros não se alterarem. Quero dizer, ele não os arregalava nem franzia a testa, simplesmente olhava. E mesmo assim era desagradável.

– Eu? – perguntei. – Não estou nem um pouco assustado. Só que, bem... estamos indo um pouco longe demais.

– Longe demais, realmente longe demais. – Ele assentiu com a cabeça. – Bem, nós operamos no limite – acrescentou.

– É claro, é claro – eu disse. – Só que, como posso dizer...
bom, na verdade eu pensava que aqui nós estávamos a serviço
da lei.

– Do poder, rapazinho – corrige-me Díaz. Minha cabeça começava a doer. É curioso que tenha sido Díaz quem a
fez doer, e não Rodríguez.

Disse a ele:

– Até agora eu pensava que os dois eram a mesma coisa.

– Bem, sim – admitiu Díaz. – Mas não devemos nos esquecer da ordem.

Perguntei-lhe:

– Que ordem?

– Primeiro o poder, depois a lei – Díaz respondeu calmamente, com aquele seu sorriso inigualável.

As coisas estavam nesse pé quando tivemos de resolver se
prendíamos Enrique Salinas ou se bastava apenas mantê-lo
sob observação.

Não.

Aos poucos, os acontecimentos se confundem e se entrela-
çam na minha cabeça: os fios da investigação, que eu, como
oficial de investigação, mantinha em parte em minhas mãos;
os interrogatórios; o diário de Enrique; as longas conversas
complementares com ele e com seu pai, aquela raposa deter-
minada ao extremo, a pretexto de interrogatórios complementares; e, bem, por fim, meus próprios pensamentos não redigi-

dos sobre tudo isso, que posteriormente tanto dificultaram a minha compreensão desse caso que – receio – será mais difícil de contar do que eu pensava inicialmente.

Nessa época, abrimos apenas um dossiê sobre Enrique. Já sabíamos dele. Aparecia nos nossos registros como um dado abstrato, e sabíamos que uma hora teria de aparecer pessoalmente. Não falamos a respeito disso – não havia o que dizer –, apenas sabíamos. Permanecemos em compasso de espera, pacientes, sem pensar que esperávamos. Como disse, tínhamos muito que fazer naquela época. Tínhamos de impedir o atentado. O fato de o caso dele ter a ver justamente com o caso do atentado ou de algum outro não tinha para nós a menor importância. Não havia dúvida de que a pessoa fichada mais cedo ou mais tarde se transformaria em suspeito. Isso era tão seguro como o fato de eu estar aqui na cela, escrevendo, até que... mas deixemos isso para lá. Ainda não saiu o meu veredito, e mesmo depois ainda vão me dar algum tempo. Se não mais, pelo menos até a apresentação do recurso. Sei como é que isso funciona.

Em suma, nossos registros já haviam identificado que mais dia menos dia Enrique iria perpetrar algo. Seu destino, conosco, já estava selado. Porém, ele mesmo ainda não tinha tomado uma decisão. Hesitava, deixava o tempo correr. Perambulava pelas ruas ou preenchia seu diário, corria desembestado com seu Alfa Romeo de dois lugares, procurava amigos ou – se lhe desse na telha – deitava-se com alguma gatinha de pele aveludada. Enrique Salinas era jovem, tinha apenas vinte e dois anos; seus cabelos compridos, o bigodinho e a barbicha já o tornavam suspeito aos nossos olhos. Ele se afundava em reflexões melancólicas, corria de cima para baixo e fazia amor. Passava pouco tempo em casa. E María, parada junto à janela, o esperava. Não que fosse possível enxergar algo do décimo oitavo andar do Edifício Salinas. O remoinho fervilhante do Grande Bulevar parece um formigueiro visto dali. Porém, apesar disso, nessa época María – María Salinas, mãe de Enrique – passava todo o tempo junto à janela.

Foi lá que Federico Salinas a encontrou quando, depois das horas passadas no escritório, voltou para casa e atravessou as salas suntuosas do apartamento, à sua procura. Parou em silêncio atrás dela.

– Estou com medo – ouve María dizer após algum tempo.

– Nós não temos nada a temer, María – responde-lhe. Permanecem em silêncio.

– Hernández sumiu. Martiño foi executado. Vera foi levada da própria casa – enumera María sem se virar.

– Nós não somos do tipo que eles levam – diz Salinas, abraçando-a.

María se tranquiliza um pouco. Os braços de Salinas irradiam força. Força, superioridade e segurança. Era uma raposa velha esse Salinas, embora não devam imaginá-lo um velho. E aparentava menos do que sua verdadeira idade. Tinha cinquenta anos. Num certo sentido, a melhor idade.

– Veja – ouve a voz agitada de María novamente –, veja, Federico, lá embaixo! – e aponta para a rua. Ele vê uma limusine preta – um dos carros do Departamento. Às vezes surgia repentinamente um trabalho a fazer no Grande Bulevar.

– María, saia de perto da janela! – diz Salinas com voz firme.

Não pensem que estou inventando essas conversas assim sem mais nem menos. É claro, eu não estava lá, como poderia estar? Mas eles haviam passado pelas minhas mãos. Eu os tinha visto e interrogado. Havia registrado o que me disseram. Até que, de repente, esses registros passaram a me conduzir.

Interrogamos María também – como eu poderia deixar de interrogá-la? De resto, eu o fiz por expressa vontade de Díaz. Protestei, porque não via nenhuma razão para fazê-lo. Mas Díaz fez questão, então a interroguei. Interroguei-a uma vez, depois mais algumas vezes, conforme o desejo de Díaz. María era uma mulher bonita – esguia, bem-cuidada e elegante. Ela não pintava os cabelos escuros, e tinha motivos para isso. Os poucos cabelos brancos que cintilavam aqui e acolá só aumentavam o seu brilho. María tinha quarenta e oito anos, e tenho certeza de que ainda era capaz de despertar grandes paixões. Que olhos! Meu olhar grudava neles como mosca no papel. Eu quase chegava a ter a impressão de que era ela que me interrogava, e não justamente o contrário. Depois percebi nesses olhos o medo. Isso pelo menos restabeleceu a ordem das coisas entre nós, apesar de eu não conseguir recuperar a compostura. Não, quando uma mulher assim tem medo, é assustador.

Não conseguiríamos saber nada dela, isso ficou claro para nós. Não sou partidário do trabalho despropositado. E disse isso a Díaz, conforme já mencionei acima.

O que eu lhe disse foi:

— Isso não tem lógica. Eu deixaria a mulher fora do processo.

— Não podemos: ela poderia se ofender — discordou. Às vezes Díaz conseguia ser danado de engraçado. Na época pensei que essa observação fosse apenas mais uma de suas brincadeiras. Não era não, mas, como já disse, eu era apenas um novato, ainda não tinha noção de todas as nuances do nosso trabalho. María Salinas deveria viver para poder estar de luto e ajudar a criar nossa fama. Ninguém ficava sem um papel nesse jogo, e o dela era esse. Portanto, cuidávamos dela como se cuida de uma preciosidade. Seus interrogatórios eram formais, com perguntas educadas e esperas delicadas. Pareciam mais visitas a uma clínica. Todos foram cuidadosamente registrados. Isso é algo importante, atestava de maneira perfeita a legitimidade de nosso procedimento.

Com Salinas pude falar mais à vontade. Com o tempo — após considerarmos seu caso encerrado —, consegui conquistar a sua confiança. Depois ele passou a ficar até feliz com essas conversas. E isso era compreensível, pois nessas horas ele podia evocar as coisas de que gostava outrora. Através delas revivia certos momentos de sua vida e se corroía por sua má sorte. E eu podia esquecer quem eu era, afinal de contas — já que o caso estava encerrado —, e ouvi-lo como uma testemunha fiel, como um aluno devotado.

Assim, pois, sei muito bem sobre o que falavam, melhor até do que se estivesse lá.

— Federico... quanto tempo isso pode durar ainda? — pergunta María.

– Está no nome: estado de emergência – diz Salinas. Ele estava um pouco aborrecido com a situação. Já lhe dissera isso uma centena de vezes, e repetiria, se fosse preciso, outra centena de vezes. Acende um cigarro. Salinas fumava cigarros mentolados, dava preferência em tudo às boas marcas. E podia se permitir isso.

– Então, não vai durar muito tempo mais? – continua María a interrogá-lo. Dessa vez não obteve resposta. – Não muito tempo – diz, pressionando Salinas –, não é, Federico, não muito tempo?!

– Não – acalma-a Salinas. – É sempre assim, posso lhe dar quantos exemplos quiser. Eles vêm e vão. Quanto pior for, mais rápido. – Faz uma pausa. – Só precisamos sobreviver a isso – diz ele depois. – E nós temos todas as chances de sobreviver, María – completa, sorrindo.

Era um bom discurso para uso doméstico, e Salinas já havia pensado em cada detalhe cuidadosamente.

María também já sabe o que virá em seguida:

– Se não fizermos parte de nenhum dos dois círculos – diz ela como que recitando.

– Isso mesmo – concorda Salinas com a cabeça, imperturbável. – O dos que perseguem e o dos que são perseguidos.

– É tão simples assim, Federico? – pergunta María. A pergunta é inesperada e não se encaixa nas regras do jogo. Salinas lança um olhar rápido e intrigado à esposa. Ele tem de pensar um pouco.

– Não – diz por fim, cautelosamente. – Tudo indica que os círculos estão aumentando.

– Como um redemoinho – diz María.

– Isso mesmo – admite Salinas com elegância. Ele espera. Não acontece nada. María se satisfez com a comparação. Salinas se tranquiliza. – Tudo depende do tempo – observa ele ainda.

– E da rapidez dos acontecimentos – diz María.

– Naturalmente – Salinas assente com a cabeça. As coisas voltaram a se equilibrar. Atualmente, todas as noites eles jogam esse jogo. É um jogo delicado, é preciso observar as regras.

– Estou sufocando! – diz María de repente.

– Não, você está apenas engasgada – Salinas a consola. – Como eu, como todo o mundo. – De repente ele fica nervoso, mas agora realmente nervoso. – Não olhe o relógio – diz, repreendendo a esposa –, ele vai chegar.

Depois permanecem em silêncio. Acomodam-se cada um numa poltrona. Salinas solta baforadas perfumadas. Estica as pernas longas e musculosas, os sapatos de verniz pretos reluzem no lusco-fusco. Desabotoa o paletó impecável e afrouxa a gravata elegante.

María está sentada com as costas retas, descansando as mãos no colo.

E esperam. Esperam ambos por Enrique. Por Enrique, que nós já havíamos registrado, por quem tanto anseiam, angustiados, como pelo próprio destino.

Está diante de mim o diário de Enrique. Eu o folheio. Há muito decifrei suas linhas às vezes ilegíveis. Conheço bem essas páginas. Confiscamos o diário durante a busca em sua casa, e comprei-o após sua morte. Trouxe-o comigo para a prisão. Não me criaram maiores dificuldades. Disse-lhes que gostaria de escrever minhas memórias, e era para isso que precisava do caderno. Examinaram-no de cabo a rabo, como manda o figurino, depois me devolveram. Estou sendo deveras bem tratado aqui, não posso me queixar. A bem da verdade, é pouco provável que no nosso tempo esse tipo de desejo encontrasse ressonância – como costumavam dizer os sabichões que fabricavam as regras. Disse-lhes que era o meu diário. E, num certo sentido, nem havia mentido, pois fui eu que o comprei.

É bom que esteja comigo. Foi uma boa ideia comprá-lo. Até hoje, não sei o que me levou a fazer isso. Simplesmente o obtive, pois me era impossível conceber que estivesse em outro lugar. Tinha de estar comigo. Assim, comprei-o do chefe do arquivo de assuntos confidenciais; era ele quem cuidava desse tipo de documentação. Foi fácil chegar a um acordo com ele, pois eu conhecia seu fraco, e, por sinal, pude ajudá-lo. É que, por causa de simples discussões sobre reciprocidades alfandegárias e de considerações sobre divisas, certas marcas de bebidas alcoólicas estavam em falta na época. Decerto, todos se recordam ainda desses meses secos. Nem me pediu muito. Pelo diário de Enrique eu teria lhe arrumado uma quantidade até cinco vezes maior. Por sorte, ele não tinha como saber disso. Depois fez as necessárias correções junto à administração.

Estão surpresos? Por quê? Sei de histórias muito mais cabeludas; se começasse a relatá-las, não parava mais. Acontecia muita coisa por lá. Afinal de contas, quem trabalha no Departamento também é gente. E gente é gente em qualquer lugar, independentemente do que faça.

Enrique iniciou o diário quando fecharam a universidade. Portanto, após o Dia da Vitória.

Abro-o a esmo numa página:

"Relatar meus dias: é impossível. Relatar meus planos: não os tenho. Relatar minha vida: não vivo.

Destruíram meus sonhos, destruíram meu futuro, destruíram tudo. Patifes".

Folheio.

"Existo. Isto ainda é vida? Não, é apenas vegetar. Parece que após a filosofia do existencialismo só poderia vir a filosofia do não existencialismo. Ou seja, a filosofia do existir sem existir."

Confesso-lhes, para mim isso é um tanto elevado. Não entendo nada de filosofia. Talvez possa soar estranho, mas às vezes tenho com Enrique o mesmo problema que com Díaz: não consigo acompanhá-lo. Num certo sentido, ele também faz a minha cabeça doer. É uma dor de cabeça diferente, totalmente diferente, é claro.

Folheio.

"Inexistência. A sociedade dos inexistentes. Ontem, na rua, um homem inexistente pisou no meu pé com seu pé inexistente.

Estava andando pela cidade. Fazia um calor infernal. À minha volta, a algazarra noturna de sempre. Casais de namorados nas calçadas e gente se acotovelando rumo aos cinemas e às casas noturnas. Como se nada tivesse acontecido, nada. Vivendo sua vida inexistente. Ou será que eles existem e eu não? Na rua, um ou outro parecia ter perdido alguma coisa. Por toda parte se via gente com cara de policial, farejando, ouvindo as conversas e pensando que ninguém se incomoda com eles. E estão certos: as pessoas não se incomodam com eles. Bastaram esses poucos meses para se acostumarem com eles.

Entrei num café. Desabei no terraço. O ódio, o calor e a inércia me faziam arquejar. Terraço lotado, museu de cera de pequenos-burgueses. Tagarelavam sobre negócios, moda e diversão. Uma mulher dava risadinhas em voz estridente, sem parar. O perfume das mulheres fundia-se com o cheiro dos corpos balofos engordurados e pegajosos. À minha direita, um sujeito de rosto moreno, cabelos curtos pretos e oleosos penteados para trás à moda americana, rosto carnudo inchado junto ao ouvido, como se estivesse com caxumba, óculos de armação preta. A boca se mexia sem parar e fazia pequenos estalidos, como se ele falasse sozinho ou chupasse uma bala. Mas depois percebi que ele tentava chegar a um acordo com a dentadura um tanto grande, encontrar um *modus vivendi*. Estava acompanhado pela esposa, de uma beleza murcha. Mais tarde, juntaram-se a eles um sujeito careca com a esposa e um rapaz sem cor, sem dúvida filho do careca. Fiquei a ouvi-los descaradamente. O rapaz logo julgou que estava na hora de fazer um comentário a respeito do calor que fez hoje. Então o da dentadura lhe respondeu: 'Tanto faz, o importante é que já passou'. Depois, inesperadamente, declarou: 'De resto, a terra sempre estará à nossa espera'. Ergui a cabeça, admirado: talvez ele soubesse onde está vivendo. Mas em seguida entendi que era a dentadura que o deixava tão cético. As dentaduras inferior e superior pareciam duas patas de camelo (pensando melhor, o camelo não é um animal ungulado) que, num momento infeliz e louco, lhe foram enfiadas na boca, e agora, por teimosia ou feroz determinação, ele terá de mantê-las ali para todo o sempre. Sua esposa, a da beleza murcha, tagarelava ininterruptamente numa voz açucarada e monótona, e era impossível fazê-la parar. Anunciou, feliz, que voltaram a chegar alimentos do interior, e enumerou o que era possível encontrar na feira. A esposa do careca e depois o próprio careca intervieram. Concordaram que, conforme a situação econômica se consolidava, a vida ia melhorando. Constataram com prazer que o comércio estava se recuperando. Na opinião do careca, as condições estavam melhorando. O ambiente tornou-se confiante. Pediram mais refrigerantes. Tive vontade de atirar uma bomba no meio deles."

Folheio.

"Não é possível falar com os rapazes desde que fecharam a universidade por causa daquela bagunça. E sei que eles estão fazendo alguma coisa. Sei que estão se encontrando em algum lugar. Fui à praia, à Costa Azul. Estavam lá. Eu sabia. Tentei conversar com C. Ele riu na minha cara. Disse-me que tinham ido tomar um banho de mar. Ele não confia em mim. E tudo isso por causa do meu pai, só porque sou filho dele e, por acaso, fui nascer em meio à fortuna dele. Excluído de todos os lugares. Como é humilhante!"

Folheio.

"A ideia do suicídio chega à noite, com a regularidade dos horários dos trens. É nessa hora que ela mais me atrai. Com o pôr do sol sua sedução cresce e, como a umidade dos trópicos, penetra debaixo da pele, amolece os músculos, afrouxa as entranhas, puxa minha cabeça em direção aos intestinos, derrete meus ossos, me enche de uma repulsa adocicada, e ceder a isso é um prazer nauseabundo. Só posso levantar contra ela uma única coisa: meu amor apreensivo por minha mãe.

Além da falta das ferramentas. O revólver do meu pai: mas ele o guarda no cofre. Deixei passar a oportunidade de adquirir um: ultimamente isso tem sido bastante difícil. No entanto, é o mais vantajoso, por causa da praticidade, da higiene e da indescritível simplicidade da detonação, após a qual imagino um silêncio profundo e nada mais. Todo o resto exige trabalho e desgaste. O enforcamento: a escolha da corda, em seguida um lugar adequado no teto, depois fazer o nó e experimentá-lo – e, ainda por cima, eu é que teria de empurrar a cadeira sob meus pés! Depois o estalido – e aqui já não consigo resistir à visão, a essa inevitável falta de consideração que eu estaria demonstrando para com os meus entes queridos. Minha pobre mãe!... Ou então me jogar no Grande Bulevar. Mas a queda, o tempo que leva até alcançar o chão, a visão do asfalto se aproximando, e depois, aquele grito estridente! E dos remédios tenho asco.

É claro, a vida também é uma forma de suicídio:
a desvantagem é que demora demais."

Folheio.

"Em certos casos, o suicídio não é aceitável. Chega a ser uma falta de respeito para com os miseráveis."

Pois bem. Confesso que cada vez que leio essas linhas algo sempre enche meus olhos. Enrique era jovem ainda, muito jovem. Para tudo precisava de motivos. Também para viver. Ainda não era um homem feito, não passava de um rapazola. No entanto, por causa de linhas assim é que eu achava insuportável a ideia do diário de Enrique mofar no arquivo. Ainda hoje é um consolo tê-lo comprado.

Folheio.

"Minha vida me dá nojo. Romper com essa inércia, sair do silêncio!... Sim, a mudez é a verdade. Mas uma verdade muda, e a razão será daqueles que falam.

Tenho de falar. Mais do que isso: de agir. Fazer uma tentativa de continuar uma vida que mereça ser vivida."

Folheio.

"O acidente de ontem. O carro branco atingiu um motoqueiro bem na minha frente. O grito. O corpo da passageira de trás foi colocado à beira da calçada. As pessoas o cercaram. Aos poucos, seu sangue formou uma poça no asfalto.

Hoje de manhã, a jornaleira manca. Ela tem uma filhinha, uma criança linda. Visivelmente, é a única esperança da jornaleira. Ela a veste acima de suas posses, cumula-a de doces. Hoje de manhã a menina fugiu dela e parou a uma certa distância, no meio do trânsito. A mãe a chamava em vão: a menina irritava-a a distância, fazia-lhe caretas, apoiava o polegar sobre o nariz e agitava os dedos. A jornaleira manca tentava a todo custo atraí-la. 'Venha cá, filhinha, venha, por favor, coma seu chocolate!' Por fim, devagarinho, a criança foi se aproximando. Assim que a jornaleira conseguiu alcançá-la, agarrou-a e começou a bater nela. Com a firmeza infatigável dos aleijados e a impiedade dos ridicularizados em suas esperanças.

Fico doente com as atrocidades, mesmo que a ordem natural do mundo agora seja essa. E eu ainda quero agir!"

Folheio.

"Encontrei R. na rua."

Folheio.

"Conversamos, R. e eu. É uma possível amizade? Curioso, na universidade mal nos notávamos."

Folheio.

"R. me visitou em casa. Confessou-me que me odiava na universidade, considerava-me um filhinho de papai. Rimos muito. R. é pobre. Recebe bolsa de estudos, no verão e nas férias tem de trabalhar. Depois ambos desabafamos. Temos a mesma opinião sobre tudo. Mas ele ainda é mais amargurado. Talvez até um pouco demais. Porém, isso é compreensível, pois ele se sacrifica mais para poder estudar, e agora lhe parece que foi tudo em vão. Confessou-me que tinha muito medo. Essa sensação o acompanhava permanentemente. Apesar disso, está disposto a tudo. Interessante: eu não tenho medo, mas mesmo assim sou cauteloso. Ele me diz que deveríamos tentar fazer alguma coisa: mesmo que isso não o libertasse do medo, definitivamente o ataria a algo. Perguntei-lhe se planejava alguma coisa ou se já trabalhava para certas pessoas. (Que forma mais idiota de se expressar!) Não me deu uma resposta direta, apenas sorriu de um jeito ambíguo. Nem ele confia em mim. Fiquei exasperado.

De resto, minha mãe não simpatizou com R. Perguntei a ela por quê. 'Ele tem olhos esquisitos', disse-me. É um bom motivo, esse! Ri muito e lhe dei um beijo."

Folheio.

"R. me fez uma visita. Disse-lhe que talvez eu topasse participar de algo inteligente. Não me prometeu nada. Mesmo assim, fiquei de certo modo aliviado. Quebrei meu silêncio angustiante e minha cautela. Pelo menos, agora alguém já sabia de mim: não estou mais sozinho. Preciso conquistar sua confiança. Tenho certeza de que ele está metido em alguma coisa."

Vou dar uma paradinha por enquanto. Fecho o diário. Estou sentado e medito. Penso em Enrique, nesse rapazola que tinha tanta sede de viver, de agir, de ter amigos e de amar.

E penso em R., em quem ele julgou ter encontrado a possibilidade de uma amizade.

Já conhecíamos muito bem esse R. então. Na certa era o Ramón, a observação de María acabava com qualquer dúvida. Era Ramón, sim, Ramón G., ou o Olho Metálico.

Como posso descrevê-lo? Imaginem uma sanguessuga. Mas uma sanguessuga que é capaz de se entusiasmar – e então terão Ramón. Sempre a sugar o sangue de alguém. Com perseverança, devotamento e sem parar. Ele tinha um talento especial para fazer os outros falarem. Quero ser mico de circo se souber como ele fazia isso. Mas a pessoa em quem ele grudava seus tentáculos começava a falar quase imediatamente, como se ele tivesse injetado junto com a saliva alguma vacina em sua vítima. Acho que esses sujeitos tinham um truque: de alguma forma despertavam a curiosidade por si mesmos, e depois, na mesma hora, se calavam. A partir de então, permaneciam calados. E, é claro, eles sempre têm um tempo livre. Parecem meio perdidos, e só a vítima seria capaz de salvá-los, com conversa, conselhos, frequentemente com dinheiro e, às vezes, com o corpo. No que se refere a Ramón, por exemplo, para ele quase tanto fazia se fosse uma mulher ou um homem, e ter os dois ao mesmo tempo lhe agradava sobremaneira. Mas não se podia dizer que Ramón fosse fazer questão disso. Era modesto, o Ramón, e sempre verificava quais seriam suas chances. E, quando se fartava do sangue de alguém, soltava-o e grudava em outro. Porém, nessa hora, evocava o sabor de todas as suas presas anteriores, e em geral a nova vítima se deliciava ao saber que o círculo de conhecidos de Ramón – que na maioria das vezes coincidia com o seu – era composto de idiotas, de cadáveres morais ou de gente sem caráter. Nessa hora, a vítima desatava a falar para apresentar um quadro oposto de si mesma. E Ramón a ouvia. Encorajava-a com seu silêncio, estimulava-a com sua compreensão, incentivava-a com sua humildade ou admiração, colocando-a, assim, num patamar acima do seu, devido à sua própria fraqueza. E ele, atento, fitava sua vítima com olhar fixo, um tanto demente, que refletia tudo, e com uma atenção ávida, enquanto já pensava na próxima.

Ramón era um jovem bem-apessoado, alto, magro e moreno. As roupas esportivas um tanto descuidadas nas quais em geral ele se apresentava lhe caíam bem. María achava esquisito apenas o seu olhar. Bem, os especialistas em entorpecentes do Departamento usariam uma expressão mais exata para isso. Naquela época, levava-se a sério tal coisa. A existência moral da Pátria repousava sobre o trabalho consciencioso do Departamento. O Coronel fazia questão disso. Queria ver um povo puro, de alma pura. Isso fazia parte das declarações expressas com o mesmo destaque tanto no Parlamento como no prédio do Departamento. Assim, vez por outra, fazíamos algumas batidas aqui e acolá. O entorpecente encareceu. Ramón estava sem, e, devido a isso, estava ainda mais magro, e seus olhos, mais cinza-metálicos, o olhar mais vago. Não lhe sobrou nada além da calúnia, do medo, da clarividência e da amargura.

Era tudo verdade o que ele disse a Enrique. Tinha conseguido uma bolsa, precisava trabalhar nas férias, era pobre. Diga-se de passagem, ele não era pobre por ter pais pobres. Aos dezessete anos, Ramón fugiu de casa. Sabe-se lá como é que ele fez para não ter antecedentes criminais. Mas conseguimos saber sobre ele o que nos interessava. Fugiu com Max, um homossexual conhecido, que colocava no item profissão: filósofo. Fugiu de Max e então vadiou. Entrou para uma comunidade de artesanato. Homens e mulheres teciam juntos, nus. Quero ser mico de circo se entender qual é a graça disso. Deixou a comunidade e se juntou com uma moça. Deixou a moça e se juntou com uma mulher dez anos mais velha que ele. Deixou a mulher e... não vou continuar. Tinha uma natureza inquieta, o Ramón, como podem ver. Procurava chão firme debaixo dos pés porque tinha medo. Medo de si mesmo e de todos os outros. Tinha medo da sociedade porque – dizia – conhecia suas leis assassinas. E tinha medo, principalmente, dos policiais, tinha medo deles e os odiava. Mas, se quiserem ouvir minha opinião – Ramón simplesmente precisava do medo. Vá lá saber por quê, não esperem de mim uma explicação. Não entendo de alma, afinal, sou um tira, foi a profissão que aprendi. Mas posso lhes dizer que não era nenhuma novidade para nós um sujeito como ele, há um montão deles por aí. Eles têm medo para que depois, de repente, possam relaxar. Tudo e todos lhes parecem safados para que eles possam ser safados. De resto, individualmente, cada um difere do outro. Entrementes, esse Ramón fazia faculdade. Na universidade pouco se suspeitava dele. Tirou nota máxima nos exames. Obteve prestígio graças à sua erudição. Conquistou os professores com suas maneiras. Ouvia-os, e eles lhe diziam coisas. Apenas os seus olhos... mas já falei sobre isso. E então, que acham disso? Assim era esse Ramón.

Caiu em nossas mãos por acaso. Ou melhor, foi por acaso que ele caiu em nossas mãos bem naquela hora. Podia ter caído em nossas mãos em outro momento. Mas que uma hora ele teria caído em nossas mãos, disso não tenho dúvida. Dessa vez a oportunidade surgiu graças ao que Enrique chamou em seu diário de "bagunça na universidade".

Não foi uma bagunça exagerada. Prendemos alguns moleques, ninguém prestou muita atenção ao caso. Foi pouco depois do Dia da Vitória, todos os cárceres e prisões estavam abarrotados. Pelos corredores, os presos se acotovelavam, pareciam sardinhas em lata. Não tivemos muito tempo para elucidar a questão da democracia universitária. Ouvia-se aqui e acolá o som de um tapa, depois Díaz, rapidamente, pôs a maioria em liberdade. Porém, seu olhar parou sobre Ramón. Mandou-o esperar no corredor. Com a testa e as mãos voltadas para a parede, como manda o figurino.

Tínhamos trabalhado na noite anterior, e eu já estava cheio da molecada.

– O que é que você quer dele? – perguntei a Díaz.

– Ainda não sei – respondeu-me. Díaz era incansável, e seu olhar, infalível. Não sabíamos nada, então, sobre Ramón. Apenas que não tinha antecedentes. Isso poderíamos descobrir por telefone. Nada além disso. Estava tudo começando, a Vitória era recente e o arquivo, imperfeito. Levaria dias até conseguirmos sua ficha completa. E Díaz estava com pressa. Tínhamos coisas a fazer.

Assim, mandou chamá-lo do corredor. Depois, mandou-o sentar. Fez-lhe algumas perguntas a esmo. Ramón resistiu bem. Mas Díaz sabia fazer perguntas. Após um quarto de hora, Ramón começou a berrar. Não aguentava mais a tensão. Ele não havia mentido a Enrique: este deveria fazer alguma coisa que o conectasse definitivamente a algo. Teve sorte de alguém ter percebido isso nele. E Díaz gostava de ajudar os necessitados.

Digo, Ramón começou a berrar. Derramou sobre nós todo o seu ódio. Como quem vomita. Chamou-nos de caluniadores, que tecem uma teia em torno dos inocentes. De açougueiros, de assassinos, de carrascos. E assim por diante. Díaz ouviu-o cabisbaixo, com os cotovelos sobre a mesa, as pontas dos dedos entrelaçadas diante do rosto. Estava descansando. Depois, de repente, Ramón se calou. Fez-se silêncio, um longo silêncio. Então, lentamente, Díaz se levantou. Contornou a mesa e sentou-se nela de lado. Essa era sua posição favorita. Permaneceu assim por algum tempo, encarando Ramón. Então, de repente, inclinou-se para a frente. Não se esforçou demais, e tomou cuidado para não deixar nele vestígios duradouros.

Em seguida foi a vez de Rodríguez. Eu, o novato, me encarreguei de registrar o interrogatório.

Depois disso, não houve mais necessidade de muito palavrório. Ramón voltou a se sentar no seu lugar. Díaz lhe perguntou se fumava. Ele fumava. Díaz lhe estendeu sua caixa de charutos. Rodríguez lhe perguntou se estava com sede. Estava. Rodríguez lhe ofereceu um copo e tirou suco de laranja da geladeira. (Era esse maldito suco de laranja que nos sustentava o dia todo nessa época de trabalho e de calor infernais.)

Depois Díaz lhe explicou o que ele iria fazer, a que intervalos, através de quem e de que forma deveria nos enviar seus relatórios.

Foi através dele que ouvimos o nome de Enrique Salinas pela primeira vez.

***

Confesso-lhes que até agora pulei algumas páginas do diário de Enrique de caso pensado. Não devia ter feito isso. Elas representam componentes importantes dos acontecimentos que levaram ao passeio de carro fatal: portanto, não foi muito inteligente tê-las deixado de lado.

Nem honesto. E eu quero ser honesto – quando vou ser honesto se não agora? Honesto, antes de mais nada, com Enrique. Mas também com Estella e comigo mesmo.

Folheio para trás. Para quase o início do diário de Enrique:

"É quase improvável que a forma de uma boca
(e também seu movimento) possa parecer uma flor
(uma flor ao vento). Todavia, tal boca existe".

Folheio.

"E. J."

Estella Jill. Ou, simplesmente, Jill. Ela preferia usar o segundo nome, o nome inglês. Pelo ramo materno era americana. Folheio.

"J. É como se ela irradiasse sol. Passei a tarde toda tomando banho de sol."

Sim, é a voz de Enrique. Tentações de suicídio, quadros confusos de rua, encorajamento de si próprio, ódio e amor. E tudo isso assim, lado a lado, num único emaranhado. Enrique era um adolescente, um rapazola.

Folheio. Tive de folhear bastante. Depois, sem nenhum aviso:

"Como aconteceu aquilo? Não sei. De repente, ela estava em meus braços. Fechei a porta. Debrucei-me sobre ela. Cravei minha boca entre seus lábios. Ficamos deitados sobre a manta felpuda de trama indígena do sofá. Estávamos nus. Apertados um contra o outro. Senti que ela me desejava. E então aconteceu algo horrível, idiota e inexplicável. Tenho de contar. Só posso me libertar disso se contar. Mas a horrível e ao mesmo tempo ridícula sensação de pesadelo daqueles longos minutos ainda toma conta de mim.

Vamos, então, pôr para fora. Eu não consegui corresponder ao seu desejo. Eu, que esperava por aquele momento havia semanas. Fiquei apenas deitado ao seu lado, inerte. Ela me abraçou. Tremia. Depois, o tremor passou. Apenas me acarinhava, agora com a mão fria, como uma professora de jardim de infância. Não tive coragem de olhar para ela. E então ela falou. Disse-me que estava agradecida. Eu poderia ter aproveitado para possuí-la, ela poderia ter sido minha, mas o que eu queria era ela, e não a chance e o acaso. E ela nunca iria se esquecer disso – afirmou. Achegou-se a mim, agradecida – mas seu corpo já estava frio –, e me beijou os olhos e a testa. Depois, levantou-se e começou a se vestir. Enquanto isso, não tirava os olhos de mim e sorria. Estendi-lhe o braço. Ela se sentou junto a mim na beirada do sofá. E então foi ela que se debruçou sobre mim. Começou a me acariciar. Como sua mão era leve e macia! Ela me acariciou até que... Então ela tirou a roupa de baixo novamente. Muito devagar e com prudência. Enquanto fazia isso, olhava para mim e sorria. Eu estava começando a perder o juízo. Finalmente, ela se deitou ao meu lado. E então...

Mais tarde fomos a um barzinho. E rimos, rimos, rimos a noite inteira!"

Folheio.

"A felicidade acaba com o nosso juízo. O problema nem é esse. A felicidade nos paralisa. Esqueço todo o resto. Vivo como se tivesse o direito de viver, vivo como se de fato existisse. Faço planos, devaneio sobre o futuro, arquiteto uma vida para nós dois, quero torná-la minha mulher, como se não existisse mais ninguém além de nós. Ao mesmo tempo, sinto como isso é absurdo, pois não existe futuro, apenas o presente, um estado, um estado de emergência."

Folheio.

"Falei com ela. Contei-lhe o que pensava. Ela me compreendeu. Está de acordo com tudo. Tive uma indescritível sensação de alívio e de gratidão. Segurei suas mãos. E então, de repente, ela começou a falar do casamento e de como devemos organizar nossa casa."

Folheio.

"Não aguento mais. Sou um idiota, eu mesmo não sei o que quero. Tenho de me decidir: é ela ou... E se fossem os dois? Não, isso seria impossível... E se tentássemos?... Não enxergo as coisas com clareza, o problema é que não enxergo as coisas com clareza. Na verdade – é uma sensação terrível –, percebo agora que nem a conheço. Não só a ela, mas tampouco a mim. Pelo menos, não o suficiente. Tenho de saber o que eu quero. Tenho de conhecer a ela e também a mim. Mas como? Conversar não é o suficiente, as palavras nada esclarecem. Tenho de inventar algo. Mas o quê?"

O que ele inventou foram aqueles passeios de carro.
Tenho de descrever esses passeios de carro. Não será uma tarefa difícil, já que os conheço nos mínimos detalhes. Enrique mencionou isso brevemente no diário. Mas falei sobre o assunto com ele pessoalmente também. E o que ainda falta-

va foi completado por Estella. Ou, de preferência, simplesmente Jill.

Na época, nós também a interrogamos. Não exigimos muito dela. Aceitamos o que nos disse, que ela havia entrado de gaiata na história. E essa era mesmo a verdade; nós não estávamos interessados em Jill. Mas é preciso haver ordem. Deve-se registrar tudo. E, nesse caso, pudemos apresentar, mais uma vez, um registro minucioso e completo, que mostraria nossa eficiência e equidade durante as investigações.

Eu sentia uma espécie de respeito, então, por ela. Naqueles dias, o destino de Enrique já se tornara claro, durante a investigação o veredito parecia estar selado. Jill era sua noiva. E isso, bem, às vezes nos inibe.

Só depois de meio ano a encontrei novamente. Nessa época Enrique não vivia mais. E eu passei a entender melhor a sua história. Na época, comecei a ter dores de cabeça, dores lancinantes que não cessavam.

Procurei, então, Estella. (Ou, simplesmente, Jill.) Ela já estava casada com um certo Anibal Roque T., um empresário conceituado. Convidei-a para uma conversa matinal. Que susto a garota levou!... E que prestativa ela se tornou após o grande alívio!...

Fico imaginando o que me levou a procurar Estella. Foi algo incontrolável, compulsivo. Já disse, e agora repito: não entendo de almas, menos ainda da minha. Sentia apenas uma coisa, mas disso tinha certeza. Ou seja, que todos devem pagar a sua parte no caso, todos. Então eu tinha de esclarecer isso a ela também: não ia conseguir se safar sem se sujar. María estava de luto, ela teria de pagar de outra maneira. E Jill sabia disso, não pensem que não. Senão, por que ela teria cedido? Em primeiro lugar, talvez tenha sido por medo – e eu lhe dei motivos para isso, sem dúvida –, mas não foi simplesmente por medo, isso posso jurar na hora em que quiserem. Jill era astuta; tentou dar à nossa relação a impressão de uma chantagem, e podia encontrar motivo para tal, digo: mas ela nunca conseguiu me convencer disso sem deixar dúvida, e não sei até que ponto convenceu a si mesma. Talvez quisesse se penitenciar, da mesma forma que eu, que procurava nela uma comparsa? Se ela se compadecia de mim ou me desprezava, isso era com ela. Mas não havia meio de alguém que tivesse participado do caso de um jeito ou de outro poder sair dele limpo; e Jill também teria de aprender isso, em minha opinião – quaisquer que fossem suas fantasias ao se casar às pressas.

Foi uma relação doce e angustiante, uma relação pecaminosa, essa – reconheço. Mas é provável que justamente nisso residisse seu atrativo. Certa vez, uma compulsão tola me levou ao ponto de ler para Jill trechos do diário de Enrique. Não fiz por baixeza, acreditem. Isto é, não li para Jill trechos do diário com a intenção de torturá-la ou... com os diabos, como é que vou dizer... por deleite. Aquilo não era, de modo algum, um deleite para mim. Simplesmente, a sombra de Enrique me encobrira e pesava demais sobre mim. Eu quis que ela cobrisse a nós dois. Tinha direito a isso, digam o que quiserem, pois nós nos pertencíamos, a sombra de Enrique encobria a nós dois. Quis que a carregássemos juntos, que andássemos juntos debaixo dela, como que debaixo de um grande e monstruoso guarda-chuva, como dois perdidos numa tempestade...

Foi uma idiotice. Ela perdeu o controle. Atirou-se sobre a cama e gritou. Chamou a todos nós de assassinos, a mim, a Enrique, a todos os homens e também à vida.

– Assassinos! – gritava.

– E você – pergunto –, você o que é? Uma puta, a última das meretrizes! – E, acreditem ou não, de repente me vi acusando-a de traição e atirei-lhe na cara o fato de não ter se enforcado com a mesma corda do suspeito, ou seja, Enrique. Eu, que afinal de contas não passava de um tira.

E eu entendi Jill muito bem. Jill era mulher, antes de tudo, uma mulher.

Havia uma estrada. Passava pelo litoral. Na direção em que a península invade a baía – sabem disso. Quem se dirige à Costa Azul deve ir por esse caminho. Naquele dia, Enrique e Jill estiveram na Costa Azul. Tiveram vontade de nadar. E Enrique procurava alguém na praia.

E encontrou quem procurava, queiram ou não, tenho certeza disso.

Era lá que eles se reuniam, toda aquela gente de cabelos desgrenhados. Descobriram, espertos que eram: a praia é grande. Escolheram um lugar ermo. Depositaram seus rádios portáteis na areia, e os nossos aparelhos de escuta já eram. Tiramos fotos deles, dez dúzias de rolos. Isso eles deixavam, sabiam que já os conhecíamos mesmo. Podíamos até ter feito uma batida, é claro que sim. E daí? Eles eram profissionais, não faziam nada.

Não conseguiríamos arrancar nada deles. O que poderíamos saber sobre eles já sabíamos. Aquilo não passava de fachada, eles não se arriscavam muito, não participavam das ações. Que diabo poderíamos ter feito? Ficamos a observá-los até que os acontecimentos amadurecessem. Então todos sumiram. Como se tivessem se escondido debaixo da terra. Profissão desgraçada a nossa, não a desejaria para ninguém! Esse C. também estava lá, nem vou escrever seu nome. Enrique já o mencionara em seu diário – se ainda se lembram dele. Não só Enrique o registrara, fiquem tranquilos. Quero ser mico de circo se ele não estava envolvido no atentado. Mas, quando ficamos sabendo, ele já se escafedera. O motivo de não quererem saber de Enrique não era de modo algum sua fortuna. Entre eles havia outros rapazes endinheirados, e nem eram tão poucos. O dinheiro de Enrique só poderia ser bem-vindo. O problema era que Enrique havia surgido do nada. E aqueles, afirmo, eram profissionais. Nem lhes passaria pela cabeça arriscar-se. Só Enrique, aquela criança, poderia imaginar que bastaria procurá-los e já seria imediatamente recrutado, como numa agência de alistamento.

Enfim, ele os procurou. Encontrou um bando de alegres estudantes que se divertiam contando histórias engraçadas da universidade. Todos tinham um caso para contar. E os outros rolavam de rir.

Então, foi isso que aconteceu. Depois Enrique voltou para Jill com o rabo entre as pernas. Jill estava bonita naquele dia, com sua roupa colorida, e mais bonita ainda sem ela, na praia. E Enrique estava possesso.

– Não se importe com eles – consolava-o Jill –, você não é como eles.

– Por quê?! – esbravejou Enrique. – É porque me chamo Salinas? Isso pode ser determinante na vida de um ser humano?!

– Você é um burguês – caçoou Jill. Afundou o indicador no cacho de pelos crespos do peito de Enrique, coçando-os carinhosamente com as unhas. Esse detalhe eu sei do diário de Enrique. – Você é um burguês, um burguês. Meu burguesinho – sussurrava.

Mas Enrique estava possesso.

– Não se importe com eles – disse-lhe Jill. – Quero que você se preocupe comigo agora. Não é bom aqui? Por que não quer ser feliz?

– Feliz, feliz!... – esbravejava Enrique. Depois, aos poucos, foi se acalmando. Graças às cosquinhas, penso eu. – É claro que quero ser feliz – disse. – Porque eu te amo, que inferno! Mas existem casos em que ser feliz... apenas feliz e mais nada... não passa de canalhice.

– Por quê? – quis saber Jill, com os olhos semicerrados. Naquele dia o sol estava forte, ofuscante.

– É porque – tentou argumentar Enrique – não podemos ser felizes num lugar onde todos são infelizes.

– Todos? – Jill abriu os olhos de repente. – Olhe para mim. Eu não sou infeliz. – E sorriu. Podia-se acreditar que ela não fosse mesmo infeliz.

O que Enrique podia fazer? Beijou-a. Depois entraram na água. O mar estava morno, havia pouca gente, eles foram bem para o fundo. Com Jill nos braços, Enrique rapidamente esqueceu os aborrecimentos e a filosofia.

Só voltou a se lembrar disso no caminho de casa.

Na estrada.

O Alfa Romeo de Enrique voava, ele ao volante, Jill ao seu lado. Os cabelos dos dois esvoaçavam na corrida desembestada. Até alcançarem as placas de sinalização. Lá Enrique reduziu a marcha para metade da velocidade mínima.

Preciso falar sobre essa estrada. Pode haver gente que nunca tenha passado por lá. Ou talvez tenha memória fraca. Ou quem sabe não tenha percebido nada. Isso pode acontecer. Para isso é que servem as placas de orientação nas autoestradas. E tem sujeito que só olha para a frente. Esses são uns sortudos, sempre os invejei.

Bem, um instituto nosso funcionava por aquelas bandas. Não exatamente à beira da estrada, mas não muito longe de lá. Se já passaram por lá, sabem. Era equipado com tudo o que é necessário, com muro, eletrônica, torres de observação e tudo o mais. Quem passou por lá pôde vê-lo. Quero dizer, do lado de fora. Não muito mais que isso. É que não foi possível isolar a estrada. Teríamos de obrigar o movimento comercial, que já ia aos trancos e barrancos, a um desvio do tamanho da metade do país. Não era possível construir uma estrada alternativa por causa das cordilheiras. Seria uma diversão cara, talvez o Congresso nem a aprovasse. Além de quê, lá não deveriam saber do instituto. Perguntem aos senhores deputados se tinham conhecimento dele. Vocês verão a resposta deles. Não faziam ideia. Assim, nossa única opção ficou sendo a exigência de uma estrada sem cruzamentos e de uma velocidade mínima. Dessa forma, não se poderia ver muita coisa, mas sem dúvida se veria algo.

E o Coronel nem achava isso ruim. O bom cidadão só tiraria proveito de tais avisos. A velocidade mínima era de oitenta quilômetros por hora. Enrique diminuiu para trinta. Isto é, de acordo com a denúncia de infração. Se bem que a foto anexa também confirma isso.

Jill estava nervosa, e nem poderia deixar de estar. Ainda por cima, Enrique queria que ela olhasse para o instituto. E Jill não tinha a mínima vontade de fazer isso.

– O que é que você quer de mim? – perguntou.

– Por que você não quer vê-lo? – perguntou Enrique.

– Porque não me diz respeito – disse Jill.

– E o que é que lhe diz respeito? – quis saber Enrique.

– Você – disse-lhe Jill.

– Então – insistiu Enrique –, aquilo também lhe diz respeito, pois tem a ver comigo.

– Não é verdade – protestou Jill. – Você está se viciando, Enrique. Uma pessoa normal não se dedica a isso o tempo todo. Para você isso é como uma droga. Mas eu, como pode ver, sou sincera. Por que não poderíamos apenas nos amar, Enrique? Quero ser feliz. Quero um filho seu. Nada mais me interessa.

– Jill, você é uma moça inteligente, eu a invejo. Debaixo das garras de aço da tirania, você não geme, ronrona – disse Enrique. Ao menos de acordo com seu diário. Mas mais tarde a própria Jill reforçou isso. – Por que não quer tomar conhecimento daquilo?

– Porque não me interessa – disse Jill. Ela começava a ficar com raiva.

– Jill – disse Enrique –, você fala como se odiasse aqueles que estão sendo mantidos lá, por trás da cerca.

– É isso mesmo – reforçou Jill. – Eu os odeio porque estão entre nós dois.

Nesse momento, passou por eles a toda a velocidade o carro da polícia. Ultrapassou-os, depois lhes interceptou o caminho, obrigando Enrique a parar.

Sabem como isso se desenrola, não é? Barulho de freios, portas se abrindo com violência, botas estalando no concreto. Dois trabalham, um lhes dá proteção. Com uma metralhadora. "Desçam do carro, vamos, vamos, ou eu mesmo arranco vocês. De bruços no carro, braços para a frente, mãos abertas, dedos separados!"

Bem, é mais ou menos assim. Um pequeno empurra-empurra é inevitável. Depois a revista. A roupa feminina é a mais suspeita. Cabe muita coisa nela. Por exemplo, um belo corpo de mulher. Jill guardou por longo tempo um hematoma no seio.

Convém notar que eles tiveram sorte por ninguém ter encontrado uma máquina fotográfica. Nem com eles, nem no carro. E tampouco outro objeto suspeito. Mesmo assim, o comandante da patrulha quis detê-los. Mas seu olhar parou sobre o documento de identidade de Enrique.

– "Salinas" – lê. Observa o carro. – Das lojas de departamento? – quer saber em seguida.

Teve de esperar, a resposta não veio de imediato.

– Sim – ouve, finalmente. De Jill, não de Enrique.

– Eu perguntei a você, cara! – diz o comandante da patrulha, encostando a bota na perna de Enrique.

– Já ouviu – diz Enrique, carrancudo.

O subalterno está a ponto de intervir, mas o comandante o detém.

– Não viu a placa indicando a velocidade? – quer saber, curto e grosso. Afinal, nem sempre a escolha para patrulheiro recai sobre alguém com apurado senso de humor.

– Vi, sim – diz Enrique.

– Então, por que não obedeceu à sinalização? – continua a investigação o comandante da patrulha.

– Parece que uma das velas está molhada – explica Enrique.

– Uma ova! – opina o comandante da patrulha. – Você devia estudar, em vez de ficar vagabundando na estrada!

– Então reabram a universidade – sugere Enrique. Agora o próprio comandante de patrulha pensa em intervir, mas acaba mudando de ideia. Afinal, Salinas é sempre Salinas.

– Sumam daqui – diz em seguida. – Você será indiciado. Espero que seu pai lhe torça o pescoço.

Depois, seguem viagem. Estão sentados lado a lado, Enrique ao volante, Jill ao seu lado. Mudos como se nem se conhecessem.

– De qualquer maneira – diz Enrique, após um silêncio, sem olhar para Jill –, seria bom se pelo menos eu soubesse o que está acontecendo.

– O que poderia ser? – diz Jill, dando de ombros. – Nada. – Permanecem em silêncio. – Apenas que eu te odeio – completa depois.

– Jill, eu não te odeio – diz Enrique. – Eu apenas lamento que você seja assim.

– Dá no mesmo. O que importa é que não queremos nos ver nunca mais – diz Jill com firmeza.

– Isso é verdade – concorda Enrique.

Depois não se falam mais. Chegam à cidade assim, mudos.

E Enrique tem a sensação de que agora, pelo menos, já sabe o que queria saber.

Aconteceu mais alguma coisa naquela noite. Algo importante, Enrique anotou em seu diário. Essas poucas folhas parecem um registro. Um registro autenticado, que depunha contra ele mesmo.

Mas Enrique era assim. Odiava e amava, fazia segredo e registrava em detalhes seus segredos.

Abro a esmo o diário de Enrique. Ouçam isto.

"Tudo está decidido. É algo fantástico e inimaginável, mas mesmo assim é o mais natural. Como se – no meu íntimo mais oculto – na realidade já o tivesse pressentido havia muito tempo. Tenho de pôr isso no papel, não teria como me deitar agora, em razão desse acontecimento.

Tentarei resumi-lo. Será difícil, aconteceu muita coisa hoje, e agora, tarde da noite, todo o colorido e o acontecido desse dia inverossímil se misturam dentro de mim. Vamos começar, então.

Resumindo, levei Jill para casa, ainda lhe devia isso. Depois também fui para casa. Deixei o carro na garagem. Entrei no elevador e subi. Mal entrei em casa, na perspectiva enganosa da sequência de salas, avistei minha mãe e meu pai. Estavam longe, sentados, cada um, numa poltrona. Papai soltava baforadas perfumadas. Com as pernas compridas e musculosas esticadas, os sapatos pretos de verniz brilhavam no lusco-fusco crepuscular. Os botões de seu terno irrepreensível estavam abertos, a gravata elegante afrouxada.

Mamãe estava sentada com as costas retas, as mãos descansando no colo.

Como se eles estivessem à espera de alguma coisa.

Quando me viram, minha mãe na hora se levantou de um salto e, com passos rápidos, veio ao meu encontro. A lenga-lenga de sempre. 'Onde esteve?' 'Na praia.' 'Demorou muito.' 'É que o tempo estava bonito.' E assim por diante.

O velho não se mexia, continuava fumando seu cigarro. Finalmente, disse-lhe que queria conversar com ele. 'Certo', respondeu, e levantou-se. Deixou--me passar na frente, com uma das mãos me indicou o caminho que leva ao escritório, a outra depositou suavemente no meu ombro. Senti seu cheiro: cheiro de tabaco, de perfume, de pai. E de súbito senti também sua mão pousando no meu ombro. Dela emanava força. Força, superioridade, segurança. É besteira, mas, de repente, quase desatei a chorar, queria que me pusesse no colo, como nos tempos da infância. Talvez por causa de Jill.

Bem, tanto faz.

Resumindo: em poucas palavras contei-lhe a história da estrada. Apenas o essencial. Nem piscou.

– Encontraram alguma máquina fotográfica com você? – perguntou.

– Não – disse eu. Por puro acaso, mas isso eu não disse. Na verdade, pretendia tirar fotografias de Jill, mas, na pressa, tinha esquecido a máquina em casa.

– Provavelmente, receberá uma multa. – Fez um gesto com a mão. – Vamos pagá-la. Por sorte, ainda temos com quê – ele disse, sorrindo. Não parecia estar muito preocupado. – O que você foi procurar lá? – quis saber.

– Fui à praia.

– Sozinho?

– Não.

– E foi justamente lá que resolveram se beijar? – Ele sorriu. Fiquei aborrecido. Não gosto quando o velho se diverte às custas da minha sexualidade.

– Não estávamos nos beijando – eu disse.

– Então, fizeram o quê?

– Quis mostrar a ela algo interessante.

– Entendo – meu pai anuiu com a cabeça. Com isso, levantou-se e começou a caminhar pelo cômodo. Pensei até que havia me esquecido. De repente, percebi que ele estava parado atrás de mim. Colocou a mão sobre minha cabeça.

– Enrique – ouvi sua voz –, com que você preenche seus dias?

Encolhi os ombros. Que cargas d'água poderia lhe dizer?

– Filho – disse ainda na mesma posição –, sua mãe está preocupada com você. – E, novamente, lembro-me de umas bobagens. Vou à escola e o escuto dizer: 'Cuide-se, filho, sua mãe está preocupada com você'. Ganho meu primeiro carro: 'Tenha cuidado, filho, sua mãe está preocupada com você'. Sempre só 'sua mãe'. Nunca ele mesmo.

Mas não sei o que dizer. Nem mesmo enviar-lhe um sinal sobre as coisas que me vêm à memória.

Então ele se afastou de mim e se sentou atrás da escrivaninha, na minha frente. Acendeu o abajur. Já era noite. Para além do círculo amarelado da luz do abajur, todo tipo de pesadas sombras marrons se espreguiçavam pelo quarto. Era uma sensação familiar.

– Filho – voltou a falar –, por que você não está sendo sincero comigo? Temos tempo. Estou ouvindo.

Então pus tudo para fora. Do jeito que vinha, sem nexo, com raiva. Talvez fosse ainda o efeito de Jill. Disse-lhe minha opinião e o que eu pensava de tudo isso. Disse-lhe que ocupava meus dias com isso, e que nada mais me interessava, apenas isso.

Ele me ouviu até o fim com o rosto muito sério, mesmo que talvez eu tivesse dito também algumas bobagens, pois estava nervoso. Mesmo assim, pude perceber que ele estava me levando a sério. Tão sério quanto eu próprio estava sendo. Nunca antes ele havia me olhado dessa maneira. Como se seu olhar quisesse penetrar no meu âmago. E decerto conseguiu – pois eu queria que ele visse: eu não estava brincando.

Quando terminei, ele se levantou novamente e mediu o escritório com o olhar algumas vezes. Depois, voltou a se sentar.

– Enrique, trata-se apenas de uma opinião – perguntou-me – ou é mais do que isso?

– O que quer dizer, pai?

– Você ainda está livre ou já está trabalhando com... – hesitou – ... mais algumas pessoas? – disparou ele finalmente. Do mesmo modo idiota que eu, algumas semanas antes, para R.

– Ainda não – disse.

– Ainda não – repetiu ele. – Ou seja, você já tentou?

– Sim.

– E?

– Encontrei certos obstáculos.

Ele meneou a cabeça.

– Por exemplo, o fato de se chamar Salinas – disse.

– Por exemplo – respondi. Vi um brilho rápido nos seus olhos que naquele momento julguei ser de satisfação pelo meu insucesso. Senti raiva novamente. – Mas é possível atravessar esse muro, pai – continuei. – Com perseverança e disposição, é possível atravessá-lo. Eu acredito nisso, e vou lhe provar, vai ver!

Agora de novo estava sério. Seu olhar indagativo apalpava meu rosto, e meu rosto estava duro, eu sentia. Era um duelo estranho esse entre nós, e naquela hora eu via apenas sua estranheza. Agora já vejo também seu sentido, é claro.

– Ouça-me, Enrique – disse ele de novo. – Tenho informações seguras. Daqui a pouco vão reabrir a universidade.

– Tanto pior – observei. – Estaremos mais visíveis, o controle poderá ser aumentado.

– Sem dúvida – anuiu com a cabeça. – Mas você poderá continuar os estudos.

– Não quero continuar os estudos – disse eu. – Não vejo sentido nisso.

– Não se esqueça do seu futuro, Enrique.

– Vivo no presente, pai.

– Ah – fez um gesto com a mão –, este presente é provisório.

Fiquei furioso.

– Sei – explodi. – Devemos aceitá-lo só provisoriamente. Provisoriamente, mas a cada dia de novo. E cada dia um pouco mais. Provisoriamente. Até chegarmos ao fim da nossa vida provisória, para depois, um belo dia, morrermos provisoriamente. Mas não mesmo, pai! Não, não!

– Então, Enrique, me diga: o que você quer? – perguntou-me.

– Algo definitivo – respondi. – Algo estável e permanente. Algo que seja eu. – E então, de repente, eu lhe disse sem rodeios: – Quero agir, quero mudar minha vida, pai.

Seu rosto pareceu se contrair. Mas o que me importava?! Eu ouvia apenas minha própria voz, que finalmente pôs para fora meu desejo mais oculto, com tanta determinação que de um só golpe tudo me pareceu simples e claro. Não tinha mais nada a dizer. Quis me levantar para sair do quarto. Mas então ouvi sua voz:

– Enrique, tudo isso não passa de fantasia. Uma fantasia que a qualquer momento pode se tornar uma realidade sangrenta. – Não sei que movimento devo ter feito, pois ele levantou a mão e com o dedo me prendeu à cadeira. – Eu o ouvi do início até o fim – continuou. – Portanto, espero que também me ouça até o fim.

Ele tinha razão, e decidi ouvi-lo. Qualquer que fosse seu discurso, eu o ouviria. Vou ouvi-lo em silêncio, do modo mais tranquilo que puder, e responderei às suas perguntas, provavelmente cansativas e previsíveis.

E ele começou. Como se estivesse me examinando, como se quisesse pôr à prova minha paciência e minha resistência. Como se estivesse me interrogando. Como eu poderia imaginar que era isso mesmo que ele estava fazendo?

– Enrique – começou –, vamos falar a sério. Pode ser que você me ache cínico: não faz mal. Mas sou seu pai, e falo com o direito de quem está preocupado. E um dia você terá mesmo de enfrentar essas perguntas, já que, como diz, pretende agir.

Ficou em silêncio. Empurrou a caixa de cigarros para mim. Acendemos os cigarros.

– Você sabe – começou – que não existe nenhum motivo inteligente que justifique o fato de um Salinas fazer resistência?

– Não sei, pai, onde você demarca os limites da inteligência – respondi.

– Nos limites da realidade. Sempre nos limites da realidade.

– Ou seja, no dinheiro.

– Entre outras coisas, no dinheiro. Mas não apenas no dinheiro. – Refletiu um pouco, como quem procura a palavra adequada para o caso. – Digamos, nas possibilidades da existência – disse depois. – Nós temos a possibilidade de viver. Ou seja – completou –, temos a possibilidade de sobreviver: na essência, é isso que eu quero dizer.

– Sim – respondi –, sem dúvida.

– Você sabe – continuou – que nós temos a possibilidade não apenas de simplesmente existir, mas também de viver em segurança?... Espere! – Levantou a mão antes que eu pudesse lhe responder. – Você sabe o que é a insegurança?

Tive de pensar um pouco.

– Sei – disse depois.

– Como sabe?

– Soube hoje. Na estrada. Quando o tira me tocou com a bota. Se eu não me chamasse Salinas, teria sido espancado, acho.

– Sim – anuiu com a cabeça. – Eu não podia me referir a isso. Estou feliz que tenha percebido sozinho, Enrique. Então você sabe que se arriscar sua vida o fará não por você mesmo, mas exclusivamente pelos outros?

Sua pergunta de novo me fez pensar.

– No círculo estreito que você traçou, reconheço que é assim – disse depois.

– Os círculos sempre são estreitos – ele respondeu, curvando-se sobre a mesa na minha direção. – Se decidimos ir à luta, temos de saber por que lutamos. Senão, não tem sentido. Na maioria das vezes, lutamos contra um poder com a intenção de nós mesmos alcançarmos o poder. Ou porque tal poder ameaça nossa existência. E você deve reconhecer que no nosso caso não existe nenhum desses motivos.

– Sim, reconheço – disse-lhe. Esse jogo começava a me interessar. Na realidade, era um jogo terrível. Eu sentia meu coração congelar. Não consigo definir isso melhor. Sentia que ele estava certo, que cada palavra sua era verdade, e, ao mesmo tempo, todo o meu íntimo se revoltava contra a sua verdade. Tinha medo de que, quando a conversa terminasse, eu fosse obrigado a odiar meu pai, a quem amava. E temia mais esse medo, temia-o cem vezes mais do que a verdade dos seus argumentos.

– Você sabe – continuei ouvindo sua voz –, você sabe que todo agrupamento que tem consciência de seus propósitos necessita de instrumentos desconhecidos? Que não passam de instrumentos, mesmo que esses instrumentos sejam chamados de heróis, e talvez em homenagem a alguns deles, apenas a alguns deles, sejam erigidas estátuas em praças públicas?

– Sim – murmurei em voz rouca.

– Você sabe, Enrique, sabe mesmo o que vai arriscar?

Novamente, tive de pensar um pouco.

– A minha vida – disse depois.

– A sua vida! – exclamou meu pai. – Você diz isso como uma criança que joga fora a boneca de pano da qual se cansou! Tome consciência, Enrique, de que você vive no meio de conceitos de pura fantasia, e seu raciocínio não passa de um palavreado vazio. Você diz que arrisca sua vida, mas não faz a mínima ideia do que está dizendo. Tente entender que sua vida é você mesmo, é como estar sentado aqui, com seu passado real, seu provável futuro e com tudo aquilo que você representa para sua mãe. Veja esta noite, olhe lá para baixo, para a rua, olhe para o mundo ao seu redor e imagine que ele não existe mais. Toque em seu corpo, agarre sua carne e imagine que nada disso existe mais. É capaz de imaginar isso? Sabe o significado de viver? Como poderia saber? Ainda é jovem para isso, é saudável... Nunca andou pela vereda que leva à morte e nunca voltou de lá para descobrir, com alegria assombrada, a vida... Mas sabe, pelo menos, que lhe mentiram na escola? Sabe que não existe outro mundo, nem ressurreição?... Sabe que a única vida existente é a nossa, e, se a perdermos, nós também estaremos perdidos? Sabe?!...

Eu o ouvia boquiaberto. Suas palavras me fascinavam. Nunca tinha visto meu pai assim. Nunca pensaria que ele fosse covarde. Como eu poderia imaginar o motivo pelo qual estava sendo escrutinado?

– Sei – disse. Tentei me controlar, mas algo dentro de mim estremeceu.

– Se você sabe, o que quer então? – perguntou meu pai. – Por que lutaria se não tem nenhum motivo para lutar? Por que arriscaria sua vida se ela afinal não corre perigo? – Levantou-se de onde estava e se aproximou de mim. Inclinou-se e me segurou pelos ombros com as duas mãos. Tinha as mãos fortes, muito fortes. – Por quê?! – perguntou. – Me diz, por quê?! Quero saber, me diz!...

E eu lhe disse. Livrei-me de suas mãos e desatei a falar. Jill ainda estava presente em meus nervos e em minhas palavras. Disse-lhe que minha vida não corria perigo, apenas não conseguia conviver com ela em paz.

– Prefiro não viver – disse – a ter uma vida assim.

Falei da vontade que tenho de vomitar, falei da minha repulsa à vidinha do dia a dia. Do ódio contra tudo o que me rodeava, contra tudo. Do ódio dos policiais deles, dos jornais deles, das notícias deles. Que odiava entrar numa repartição ou numa loja, ou até mesmo num café. Que odiava esses olhares traiçoeiros ao meu redor, essa gente que hoje festeja o que ontem desprezava. Que odiava a cobiça, o esconde-esconde, o eterno jogo do quem é o quê, os privilégios, a omissão... E também o policial lá na estrada que não teve a coragem de me chutar só porque me chamo Salinas: odiava-o mais por isso do que por ter encostado a bota em mim. Odiava a cegueira, a falsa esperança, a vida vegetativa, os estigmatizados, que se o açoite descansar um dia já dizem, suspirando, como é boa a nossa vida... E odiava principalmente a mim, pelo simples fato de estar aqui e não fazer nada. Sabia muito bem que eu também era estigmatizado, por enquanto, pelo menos, e o seria cada vez mais se não fizesse nada. De novo Jill apareceu diante dos meus olhos, a sedutora vida nauseabunda que ela me oferecera.

– E – gritei –, para que eu não apenas odiasse, mas também rangesse os dentes, bastava imaginar que terminei meus exames, fiz tudo direito, fundei minha família, gerei filhos, paguei imposto e cuidei das flores do jardim... enfim, para que, com o tempo, pudesse me tornar um feliz e equilibrado prisioneiro!

Calei-me e fitei o olhar em brasa de meu pai. Fui invadido por uma sensação estranha, perdi a segurança. Como se aquele olhar mudo enxergasse através de mim, como se ele soubesse de algo que eu não sei. E de novo senti sua força, e que eu era uma criança.

Isso me perturbou.

– Você não pode entender isso – disse eu.

– Por quê? – ele perguntou devagar, gravemente.

– Porque... porque... – eu tentava encontrar a palavra adequada e não conseguia. Como se ele tivesse se apossado de mim apenas com seu peso, com sua força e seu olhar.

– Você me considera um covarde? Um cínico? Um idiota? – ele perguntou.

– Não, de maneira alguma, nada disso – disse eu. E de repente tornei a encontrar a minha voz. – Mas você não pode simplesmente passar por cima da sua sombra – continuei.

– Acha que sou um medíocre. Um burguês. Um proprietário, um especulador financeiro. Não é? – perguntou-me.

Não sei se era isso que eu pensava. Não sei se podia pensar isso. Afinal de contas, eu mesmo sou apenas algo assim. Sou um privilegiado por ele ser meu pai.

Mesmo assim, eu disse:

– Sim. E não sou capaz de aceitar a sua paciência.

– Por quê? – Pensei que ele ia cair da cadeira. Era impiedoso como um juiz. – Então devo começar tudo de novo?

– Porque – gritei – não me resta nem meia hora de paciência! – Levantei subitamente. – Não entende que sou incapaz de viver dessa maneira?! Estou cansado da inércia, da minha situação, da mediocridade! – Era uma boa palavra, deixou-me satisfeito. – É isso, a mediocridade – repeti. – A mediocridade é uma doença. Sim, pai – acrescentei –, a mediocridade é a própria patologia! – E saí às carreiras do escritório. Senti que não tinha mais nada a dizer e que não deveria mais ouvir nenhum de seus argumentos. Senti que precisava me desvencilhar do poder de atração de suas palavras e de seu olhar para poder estar sozinho e, finalmente, enfrentá-lo de verdade...

Minha mão já estava na maçaneta quando sua voz me alcançou:

– Pare, Enrique! Volte! Sente-se ali! – ordenou. E eu obedeci, como se... sim, como se esperasse mais alguma coisa, não sei o quê, apenas algo mais verossímil, algo que me liberasse daquele pesadelo.

Devo observar – e não sei por que isso me parece tão importante – que meu pai não estava sentado, estava de pé atrás da escrivaninha, com as duas mãos apoiadas sobre ela. Mais exatamente, ele não se apoiava sobre as palmas das mãos, e sim sobre os dez dedos retesados, e com o corpo um pouco projetado para a frente.

– Eu ouvi tudo o que você tinha para me dizer – disse ele. – Você, porém, não me ouviu até o fim. – Ficou em silêncio. – Vou fazer uma proposta – continuou então. – Ouça com atenção. Minha proposta é a seguinte: vamos trabalhar juntos, Enrique. Quero que você faça parte do grupo de homens ao qual eu pertenço.

Não me lembro do que eu disse. Balbuciei alguma coisa. Só guardei com exatidão a sua resposta:

– Sim, Enrique, é claro. Apenas não sabia até que ponto poderia levá-lo a sério. Mas, baseando-me no que disse, deduzo que podemos contar com você.

E então ele pegou uma garrafa do bar e dois copos. Brindamos. Depois ainda conversamos longamente, com muita seriedade. Em seguida fomos para a sala de jantar: minha mãe já estava sentada no seu lugar, e o jantar servido. Comi muito, com grande apetite."

Fecho o diário de Enrique, ele não será mais necessário. O resto já era conosco. Com Díaz, com Rodríguez e comigo, o novato. E... bem, com a lógica, é claro, que nos conduziu até Enrique e Enrique até nós.

Essa lógica tinha suas falhas. Quem disse que era perfeita? No início não era mais do que uma ideia, e só mais tarde se transformou em lógica. Por exemplo, àquela altura ainda não conhecíamos o diário de Enrique. Como poderíamos conhecê-lo? Só durante a revista do apartamento nos apossamos dele. E mesmo então nenhum de nós o leu. Não havia necessidade, e, principalmente, não tínhamos tempo para isso. Enfrentamos muitas contrariedades naquela época, os acontecimentos se avolumavam. O Coronel estava nervoso. E soubemos dos preparativos do atentado. Tínhamos de impedi-lo – ou, pelo menos, tentar impedi-lo, com todos os recursos disponíveis: era o que a Pátria e o Coronel nos exigiam. Os cabeludos todos debandaram. Emitimos mandados de busca contra eles no país inteiro, mas com aproximadamente o mesmo resultado como se procurássemos, digamos, numa plantação de batatas de dez mil hectares cinco ou seis escaravelhos listrados.

Então, tivemos de agarrar o que estava à mão. E era justo Enrique que estava à mão. Nós o reconhecemos numa fotografia, no meio daqueles que não estavam à mão. Como ele tinha ido parar nessa foto? Pertencia ao grupo? Se pertencia, por que não sumiu debaixo da terra ele também? Deixaram-no aqui como isca? Ou ele tinha alguma missão a cumprir na superfície? Mas, nesse caso, como permitiram que ele aparecesse na foto? Ou ele nada tinha a ver com eles e apareceu na foto apenas por acaso?

Perguntas, só perguntas. E nós não tínhamos tempo a perder com perguntas. Havia um grande aparato mecanizado, as fichas criminais, os agentes, os inúmeros tiras à espera de trabalho: estávamos preparados para uma ação organizada, e não para tentar destrinçar palavras cruzadas. Nós trabalhávamos num sentido amplo, não cuidávamos de miudezas. O nome de Enrique aparecia no nosso registro. Havia sobre ele uma delação de Ramón. Depois, a transgressão na estrada. E uma fotografia. Tudo isso já estava lá, organizado num dossiê: não lhe dávamos a menor bola. Mas nessa ocasião fomos olhá-lo porque precisávamos dele, e com isso o cenário mudou. Tudo depende da lógica. Os acontecimentos em si nada significam. A vida também pode ser vista como um acaso. Porém, a polícia tem a função de emprestar lógica à criatura – como tantas vezes ouvi da boca de Díaz. Díaz era um homem inteligente. No que me dizia respeito, ele não me agradava muito. Muitas vezes fez minha cabeça doer. Mas, verdade seja dita, ainda está para nascer um tira melhor do que Díaz. Ele nasceu para ser tira, essa era sua vocação. Principalmente, sabia o que queria: e isso é importante na nossa profissão.

Portanto, digo, estávamos então tateando no escuro, no sentido figurado e na realidade. Sentados no quarto escuro, revelávamos fotos. Mandávamos ampliá-las. Em seguida, as pessoas que apareciam nelas eram identificadas, uma a uma. Havia umas dez dúzias de rolos de fotos tiradas na Costa Azul e em tudo que é lugar, como já lhes contei.

Pois bem, numa das fotos tiradas na Costa Azul descobrimos um novo rosto. Estava no meio do grupo dos procurados. Aqueles riam às gargalhadas, ele parecia um pouco macambúzio. Ramón imediatamente o identificou como sendo Enrique Salinas. Nós o teríamos identificado mesmo sem Ramón, mas para que serve um agente se não para se fazer útil quando é preciso?

A partir desse momento, Enrique Salinas não daria mais um único passo sem que soubéssemos.

Após uma semana, recebemos dos nossos homens um filme. Era um filme interessante, o merecido prêmio aos nossos esforços.

Nele aparece Enrique. Ele entra num café. Está com uma pasta de couro. Senta-se a uma mesa.

Pausa. Corte.

Chega um sujeito ao café. Um sujeito comum, de meia--idade, de altura mediana, sem sinais particulares. Está com uma pasta de couro. Após uma curta hesitação, reconhece Enrique e senta-se à mesa dele. Estão visivelmente discutindo sobre algum assunto. Apressadamente, retiram das pastas alguns papéis e os põem sobre a mesa.

Da pasta de Enrique surge também um envelope.

Durante a arrumação dos papéis, o envelope vai parar entre os documentos do estranho.

O sujeito guarda o envelope.

A conversa chega ao fim, eles somem com os documentos. Pagam a conta e se retiram, cada qual para o seu lado.

O filme era isso. Apuramos que o sujeito se chamava Manuel Figueras. Era comerciário, havia alguns anos funcionário da Casa Salinas. Casado, com dois filhos. Sem amante. Sem antecedentes criminais. No departamento pessoal da firma Salinas, não descobrimos sobre ele nada que nos interessasse – é que havia um homem nosso lá: por que justamente lá não haveria?

Do café, Figueras voltou rapidamente ao escritório. Foi de ônibus. Havia deixado seu velho Volkswagen no pátio do grande estacionamento diante da Casa Comercial Salinas. Deu o ar da graça novamente só depois de encerrado o expediente. Entrou no seu Volkswagen e guiou direto para casa.

Nos dias que se seguiram, Figueras só ia ao trabalho e de lá para casa. Fiscalizávamos seus percursos – telefone onde pudéssemos colocar escuta ele não possuía. Sua mulher era dona de casa. Amante ela não tinha. Ocupava seu tempo com a casa, não observamos nada de suspeito quando ela ia às compras. O filho de dez anos frequentava a escola, a filha de quatro não podíamos levar em conta. Sábado à noite Figueras ia com a mulher ao cinema; e aos domingos à tarde, aos jogos de futebol com o filho de dez anos. Em nenhuma ocasião manteve contato com estranhos. O que ele fez com o envelope? Ainda estaria com ele? Ou ele o passara para a frente? Talvez fosse dirigido diretamente a ele. Não tínhamos meios de saber.

Dez dias mais tarde, o Alfa Romeo de Enrique Salinas saiu da cidade e tomou a autoestrada rumo a sudoeste. Parou em B., no balneário da moda da redondeza. Ele havia reservado um aposento num hotel movimentado. Apresentou-se com seu nome verdadeiro. À noite foi ao bar do hotel. Fazia calor, ele trajava roupas leves, calça e uma camisa de seda de gola alta multicolorida. Não levava uma pasta. Durante a revista do quarto, nossos homens a encontraram. Entre outras coisas, havia nela um envelope. O envelope continha uma folha de papel em branco dobrada. No canto superior esquerdo podia--se ler um número 3, e no meio da folha cinco letras escritas à máquina, nesta ordem: ROMET. Por meio de um recurso adequado, o envelope foi fechado, fizeram desaparecer os vestígios da operação.

No dia seguinte pela manhã, o velho Volkswagen de Figueras saiu da cidade e pegou a autoestrada rumo a sudoeste. Parou em B. e estacionou o carro diante do hotel de Enrique Salinas. Entrou no bar do hotel e pediu uma bebida.

Às onze horas em ponto, Enrique Salinas, vindo de seu aposento, deu uma olhada no bar. Não tinha como não ver Figueras. Depois se retirou sem ter se sentado.

Logo Figueras pagou a conta e voltou ao lugar onde havia estacionado o carro. Lá encontrou Enrique Salinas, que estava mexendo no motor do seu Alfa Romeo. Cumprimentaram-se como conhecidos. Figueras entrou no seu carro, e Enrique Salinas – como que no meio de uma conversa – sentou-se por um minuto ao lado dele. Devido à posição pouco favorável, dessa vez nosso homem não conseguiu ver nada, mas supôs que decerto foi nessa ocasião que Enrique entregou o envelope a Figueras.

Logo em seguida, Figueras ligou o motor e, chegando à cidade, não parou até o edifício da Casa Comercial Salinas. Foi direto ao prédio, não o deixando mais até o fim do expediente. Então, dirigiu-se a passos rápidos para o estacionamento e ficou muito surpreso ao encontrar na vaga do seu Volkswagen uma limusine preta fechada. Em vinte minutos, ele estava no prédio da sede do Departamento. Demos início imediatamente ao interrogatório.

Não gostaria de falar sobre isso, muito menos de entrar em detalhes. Hoje em dia todos os jornais só falam nisso, hoje todos já sabem como era que isso se desenrolava. *Grosso modo*, é como se vê nesses filmes idiotas. Apenas de um jeito um pouco mais simples. Bem, e com a diferença de que aqui era tudo real.

É um trabalho sórdido, digo, mas faz parte da nossa profissão. Fazemos com que o delinquente perca o juízo, deixamos seus nervos em frangalhos, paralisamos seu cérebro, reviramos todos os seus bolsos, as lapelas, até mesmo suas entranhas. Nós o atiramos numa cadeira, fechamos as cortinas, acendemos a luz – enfim, tudo como manda o figurino. Não tínhamos a pretensão de surpreender o delinquente com alguma ideia original. Tudo acontecia da maneira como aqueles filmes desajeitados teriam preparado, tudo acontecia como ele já esperava: e justamente nisso é que residia a surpresa – experimentem, se estão duvidando. Nós o cercamos: na frente, Díaz; ao lado, Rodríguez; e eu pelas costas.

Depois vinha o palavreado. Além das perguntas, é claro. Uma torrente delas. Como uma avalanche.

– Então, seu patife – um de nós começaria –, acabou o jogo, você está nas nossas mãos.

– Já sabemos de tudo – continua o outro. – Se tentar negar, só vai piorar as coisas para você.

– O jovem Enrique já nos contou tudo, vai ser melhor para você se falar também.

– É para o seu bem; para nós, tanto faz.

– Sabemos que é difícil, mas, se for um bom menino, poderá se safar: pense nisso.

– Por que vai querer que estourem seu saco se seus companheiros já nos confessaram tudo?

– Então, vá falando! Ou prefere que a gente o faça falar?

– Quem é seu elemento de ligação?!

– Onde está o envelope?! – (Pois durante a revista não o encontramos mais com ele.)

– Onde fica o depósito de armas?

– Para quando planejam o atentado?!

– Você pertence a que grupo? Fale!

– Você não pode fazer nada. Relaxe, seja inteligente!

– Seja inteligente, assim vai se livrar de nós mais cedo.

– Seus companheiros deixaram você em apuros, quer arcar com tudo sozinho no lugar deles?

– Então, não quer falar?

Tudo isso é blefe, como veem. Estamos preparando o terreno. Nós o deixamos atordoado com a torrente de perguntas. Queremos que ele sinta que está sozinho e que nós somos muitos; que podemos fazer com ele tudo o que quisermos; e que sabemos de tudo, muito mais do que ele pode imaginar. E mais, que não sabemos nada direito, e só ele poderá nos corrigir, se quiser melhorar um pouco sua situação. É um truque velho, mas na maioria das vezes funciona. Se souberem de algo melhor, digam.

Então, devagar chegamos ao que, na verdade, nos interessa. De Figueras, por exemplo, queríamos saber a história do envelope. E soubemos. Não me perguntem como. Figueras era um molenga, Rodríguez se desgastava com ele à toa: o que ele tinha para dizer disse-o de cara, e nem mais tarde conseguimos tirar dele algo novo.

Então Díaz preencheu um papel e tocou a campainha para chamar a guarda. Havia lugar para todos no Departamento. E não precisávamos prestar contas a ninguém se a segurança da Pátria estivesse em perigo.

Portanto, ficamos lá só nós três. Era um momento funesto. Claro que sim. Pensem um pouco sobre tudo o que conseguimos tirar de Figueras. Foi Federico Salinas que o mandou buscar os envelopes. Primeiro, chamou-o à diretoria. Ofereceu-lhe uma remuneração extra pelo serviço. Tratava-se de informações sigilosas da Bolsa – disse a Figueras, segundo este –, de uma transação comercial delicada, comum no mundo dos negócios; por isso ele estava recorrendo a Figueras, e não a um de seus diretores, que talvez pudesse ser reconhecido pelos agentes da rede. E por isso pediu a Figueras que observasse certas medidas de segurança. Figueras não lhe fez muitas perguntas. Era um homenzinho comum, estava feliz e agradecido pela confiança e pelo ganho inesperado. Segundo afirmou, ele não sabia que Enrique Salinas era filho do seu patrão. Acreditamos nele: enquanto o mantivemos em observação, Enrique Salinas não esteve uma única vez sequer nos escritórios da Casa Salinas. Primeiro se encontrou com ele baseado numa descrição pessoal, nas outras vezes já conhecia seu rosto. Depois, os envelopes seriam entregues a Federico Salinas.

Pois bem, tentem entender isso. Nós tentamos. Juntamos os pedaços, depois os desmembramos para, em seguida, remontá-los e mastigá-los.

Pergunta: de quem Enrique recebia os envelopes? Isso Figueras não sabia. Nem mesmo nós sabíamos, e acompanhávamos cada passo de Enrique!

E mais: por que Enrique não entregava o envelope direto ao pai? Havia uma explicação para isso: Enrique não devia conhecer o papel do pai – talvez nem mesmo sua participação – na rede subversiva, e tampouco devia saber que era a ele que os envelopes eram entregues. Nesse último caso, era possível supor que fosse Federico Salinas quem coordenava as coisas, sem aparecer, e que em sua pessoa tivéssemos encontrado um elemento importante da Insurreição, senão o próprio líder oculto. Rodríguez, por exemplo, tinha certeza disso. O trabalho o excitava, seu olhar de pantera faiscava e vez ou outra pousava sobre a estatuazinha que enfeitava sua mesa.

Porém, sem método não há trabalho bem-feito. Para começar, teríamos de encontrar uma resposta para a primeira pergunta.

E somente através de Enrique poderíamos obtê-la.

– Martens – diz Díaz –, é você que vai prender Enrique Salinas. Mas não em casa. Pode apanhá-lo em qualquer lugar, mas sem barulho.

Então, fiz isso sem barulho. Apanhei-o na rua com meu pessoal no dia seguinte, em torno das onze horas da manhã, quando ele voltava de B. Esperamos que guardasse o carro na garagem e subisse para o apartamento. Decerto havia avisado a mãe que estava chegando. Pouco mais tarde, foi buscar alguma coisa na rua. No meio do movimento, simplesmente o empurramos para dentro da limusine. Temos especialistas para isso. Quando ele se refez do susto, já estava sentado entre nós, com um pulso algemado a mim e o outro, a um dos meus homens.

– O que querem? Quem são vocês? – perguntou. Nós permanecemos calados, como fazíamos sempre.

– São da polícia? Do Departamento? – tentou novamente. Depois também se calou. Permaneceu calado quando desembarcamos e atravessamos com ele os pátios internos sombrios do prédio da sede, e continuou calado enquanto passávamos pelos longos corredores onde os presos estavam com a testa e as mãos apoiadas contra a parede, com os guardas às suas costas, prontos para atacá-los. Era assim que agíamos. Isso também fazia parte da preparação do terreno.

E permaneceu calado principalmente quando Díaz iniciou o interrogatório. Díaz foi manso com ele, manso não daquele seu jeito infernal, mas inusitadamente manso. Dessa vez ele tomou para si a condução do interrogatório, e não fez nenhuma cerimônia.

– Temos algumas perguntas a lhe fazer. Partimos da suposição de que, pessoalmente, você seja inocente. Se responder direito, pode ir para casa depois – disse Díaz.

Mas Enrique não respondia a nenhuma pergunta. Eu sabia que por dentro ele tremia – não poderia ser de outra forma –, mas seu rosto permanecia fechado como um punho. E ele permanecia em silêncio, num silêncio inquebrantável.

– Ouça aqui – perguntou Díaz –, está claro para você onde se encontra? Aqui nós não costumamos brincar muito. Também sabemos falar de outra maneira.

Mas Enrique permanecia calado. Permanecia calado, obstinadamente, com uma determinação idiota. E eu e Rodríguez ficamos lá, sentados, condenados à ociosidade. Na época, não entendi Díaz, não o entendi de jeito nenhum. Será que, dessa vez, ele estava cometendo um erro? Estava utilizando o método errado?

Hoje já não tenho tanta certeza disso. Hoje já vejo com mais exatidão em que Díaz havia apostado. Mas eu era um novato então, não enxergava os bastidores, engolia o que acontecia diante do meu nariz. Hoje já não teria tanta certeza: se de fato Díaz queria que Enrique falasse. Se quisesse tanto, não teria partido da suposição de que Enrique era inocente. Ou, pelo menos, não teria dito isso a ele. Díaz era um tira muito bom, mais do que bom.

– E então? – perguntou ele mansamente, olhando para Enrique, sentado de lado na mesa, como era seu hábito.

Mas Enrique permanecia calado. Após uma espera, Díaz se inclinou para a frente. A bem da verdade, ele continuou manso, manso e paciente. Só eu podia ver como ele estava manso; provavelmente Enrique não fazia a menor ideia. Ele só pôde sentir, talvez, que seu nariz começara a sangrar.

– E então? – perguntou Díaz.

E aí aconteceu algo estranho. Quando Díaz se inclinou sobre ele, Enrique lançou-lhe um grande jato de cuspe na cara. Isso foi meio estranho. E não apenas estranho. Na verdade, foi coisa de amador. Isso mesmo. Não se cospe na cara de Díaz. Não que ele não desse mil motivos para isso; mas é inútil e arriscado. E não se deve correr risco por algo inútil. Ao menos, seria preciso estar muito desesperado. Ou muito desinformado. De qualquer modo, quem preza a vida, a vida de verdade, não deve cuspir na cara de Díaz. Durante minha carreira isso nunca mais ocorreu.

Portanto, foi a primeira vez que me invadiu aquele receio angustiante pela vida de Enrique, que posteriormente não me deixou mais. Fiquei receoso porque de repente percebi que Enrique era inocente. Era inocente, e sua inocência era inexorável, como a virgindade violentada. Foi uma sensação ruim, que só piorava por não haver ninguém a quem eu pudesse contar.

Mas vi que também Díaz estava indeciso. Ele não disse nada, desceu da mesa e enxugou o rosto, distraído. Depois andou de cima para baixo algumas vezes pelo quarto, com as mãos nas costas. Era seu hábito, digo, quando estava pensando. De vez em quando resmungava. Finalmente, parou atrás de Enrique. Pôs a mão na cabeça dele.

— Você é um grande idiota, filho — disse-lhe —, um grandíssimo idiota. — E Rodríguez, cujos dedos impacientes brincavam com sua estátua, finalmente se levantou.

Passaram-se minutos, longos minutos, até que ele o trouxesse de volta da outra sala. Eu olhava para Díaz e, curioso, dessa vez ele não se sentou na mesa. Olhava para o lado, não sei para onde.

— Então? — perguntou.

Mas Enrique não respondeu. Não podia. Estava dormindo ou sei lá o quê.

Então Díaz resolveu olhar para ele.

— Sua besta! — disse depois a Rodríguez. — Que diabo você fez com esse moleque?!

Então, essa era a situação. Ouvir uma confissão de Enrique não seria para já. Sem um tratamento hospitalar, com certeza não. Nem Díaz esperava por isso. Pelo menos, era o que parecia. Hoje já não juraria isso. Mas na época, sendo eu um novato, ainda me deixava enganar pelas aparências, como disse. Díaz sempre sabia com quem estava lidando e sabia muito bem o que queria. Teria sido difícil alguém o surpreender. Mas eu não pensava nisso então.

Ele não repreendeu Rodríguez, e por que o teria feito? Díaz não gostava de conversa fiada. Era um homem de fatos, e o que havia acontecido já era um fato agora. Tinha que dar um passo para a frente, sempre para a frente. Havia verdade na lógica de Díaz, sim: nossa profissão é assim: uma vez começado, o caminho de volta já é sempre para a frente.

— Deveríamos buscar Salinas – disse Rodríguez.

— Sim – consentiu Díaz.

— Quer que eu vá buscá-lo? – ofereceu Rodríguez.

— Não – disse Díaz, detendo-o.

Apenas os dois trocavam ideias, nem me perguntavam mais nada. Assim, fiquei sentado, ouvindo-os. Minha cabeça doía, doía terrivelmente. Talvez isso fosse visível.

— Ele vai fugir – disse Rodríguez, preocupado.

— Para onde? – perguntou Díaz.

— Sei lá! Esse tipo de gente sempre tem um canto para se esconder – disse Rodríguez, nervoso. – No último minuto ele vai acabar dando no pé. O burguês safado.

— Nossa luta não é exatamente contra o capital – lembrou-lhe Díaz.

— Para mim, isso tanto faz. – O olhar de Rodríguez faiscava. – Burguês, judeu, salvador do mundo, tudo dá na mesma. Todos eles só querem subverter a ordem constituída.

— E você, Rodríguez – perguntou-lhe Díaz –, você quer o quê, Rodríguez, meu filho?

— A ordem. Mas a minha ordem – disse Rodríguez. – Posso ir?

– Não. Vamos esperar – resolveu Díaz. Ficou andando de lá para cá, com as mãos nas costas. – Agora é meio-dia – disse por fim. – Vão para casa, meninos, e deem uma cochilada. Voltem às sete da noite. Preparem-se para ficar de plantão talvez a noite toda. E pode ser que tenhamos muito trabalho.

Não disse mais nada. Quero ser mico de circo se fazia a mínima ideia do que ele estava planejando. Mas assim era Díaz. E – no que dizia respeito a mim – eu sempre ficava feliz se ganhasse de presente algumas horas livres inesperadas. É um serviço difícil o nosso; um pequeno descanso às vezes cai bem.

Houve um tempo em que eu preferia passar essas poucas horas com Díaz. Estava curioso para saber como ele tecia as teias da lógica, curioso para saber como ele conquistava, por exemplo, o Coronel.

Hoje isso já me parece simples: apresentava-lhe os fatos. E o Coronel também só podia ir para a frente; o caminho de volta, para ele também, só levava para a frente. Todos tinham seus papéis nesse jogo, digo, tanto Enrique como o Coronel. E também Díaz, que poderia pensar de si mesmo que era ele quem distribuía os papéis. Díaz também fazia parte da lógica; o Coronel devia conhecê-lo do mesmo modo como Díaz conhecia, por exemplo, Rodríguez. Sim, já não havia lugar aqui para ninguém fora da lógica.

Portanto, nós nos reunimos às sete horas. A essa altura, Díaz já estava de posse da autorização. Tinha de estar, pois para esse trabalho era necessário ter uma autorização. Não a ampla, essa não seria suficiente: uma autorização especial. De resto, não pensem que eu soubesse, então, de qualquer coisa. Díaz não nos disse nada, não precisava disso. Nós o acompanhávamos cegamente no caminho da lógica; ele era o nosso comandante, não podíamos discordar dele.

Estávamos sentados, à espera, soltando baforadas de fumaça. Fazia calor, minha dor de cabeça tinha melhorado só um pouco. Às nove da noite o telefone tocou.

– Major Díaz – ele atendeu.

Pouco tempo depois, disse:

– Considerarei uma honra especial poder estar às suas ordens, senhor general. – Mas numa voz de quem havia engolido azeite.

Mal passou uma hora, o comandante da guarda interfonou. Já estava instruído, todos conheciam suas funções no prédio da sede naquele dia.

– Um senhor – informou – que atesta ser Federico Salinas, proprietário das lojas de departamento Salinas, pede uma audiência urgente com o oficial de plantão.

– Acompanhem-no até aqui – disse Díaz com elegância no interfone. E cruzou as pernas como se estivesse à espera dos nossos aplausos. A bem da verdade, ele merecia. Só agora podíamos ver que espécie de tira era Díaz.

Dez minutos mais tarde, cumprimentamos Federico Salinas em nosso escritório. Ele chegou num terno escuro, e seus modos frios e formais exigiam respeito. Díaz lhe fez reverências como um professor de dança de salão aposentado. Às vezes, ele conseguia ser fino, danado de fino.

– Permita-me apresentar-lhe meus colaboradores – disse. – Senhor Rodríguez. Senhor Martens.

Salinas mal olhou para nós. Fez um gesto de cabeça como um rei em seu trono. Salinas era um verdadeiro lorde, sabia como é que se devem fazer as coisas.

– Prazer – disse. Pensando bem, ele não tinha nenhum motivo para isso. – Na verdade – continuou –, eu deveria falar é com o Coronel.

– O Coronel – disse Díaz com voz açucarada – está preparando seu discurso de amanhã no Congresso.

– Todo mundo está usando essa desculpa: tentei entrar em contato com ele por telefone a noite toda, sem sucesso – disse Salinas, aborrecido. – E olhe que recorri a intermediários como o banqueiro Vargas e o general Mendoza, do Exército.

– Acabei de falar com o senhor general – disse Díaz diligentemente. – Acomode-se, senhor Salinas. Estamos às suas ordens. Confie em nós. Charuto?

As coisas corriam assim, no início. Tudo muito distinto. Distinto a não mais poder, como podem ver. Díaz não apressava Salinas, e esse, por sua vez, não abria o jogo. Algo lhe pesava muito, isso era visível. E Díaz aguardava discretamente, como um padre confessor.

Por fim, quem perdeu a paciência primeiro foi Salinas.

– Na verdade – mordeu a isca –, trata-se do meu filho.

Silêncio. Talvez estivesse à espera do encorajamento de Díaz. Porém, Díaz permaneceu em silêncio, demonstrando apenas um leve interesse e uma presteza inocente no rosto inexpressivo.

– Meu filho – disse Salinas –, bem... durante o dia de hoje meu filho desapareceu.

– Ora – surpreendeu-se Díaz. – Desapareceu?

– Desapareceu – repetiu Salinas.

– Receio – disse Díaz, temeroso – que o assunto não diga respeito a nós. Talvez devesse se informar na polícia ou nos prontos-socorros, caso de fato esteja preocupado.

– Não sabem dele.

– A bem da verdade – sorriu Díaz –, os jovens costumam sumir de vez em quando; às vezes chegam em casa de madrugada ou passam a noite inteira fora. Portanto, não é preciso pensar logo o pior nessas horas.

– Sem dúvida – disse Salinas. – Mas, neste caso, permita-me proceder de acordo com as minhas suposições. É que ontem também um funcionário meu sumiu sem deixar rastro.

A conversa começava a ficar interessante, deveras interessante. E, como se algo tivesse se interposto entre eles, a expressão do rosto de Salinas mudou.

– Continuo sem entender – disse Díaz – em que poderíamos lhe ser úteis.

– Não o trouxeram para cá? – Salinas perguntou então, sem mesmo levantar a voz. Mas tive de constatar que Salinas também sabia olhar de modo desagradável, tão desagradável quanto to Díaz de vez em quando.

– Nós – disse então Díaz – só trazemos alguém para cá quando temos motivos sérios para suspeitar dele.

– Tenho de lhe dizer francamente – disse Salinas – que certas circunstâncias... posso lhe garantir que são circunstâncias absolutamente inocentes... talvez possam ter provocado a suspeita de um envolvimento do meu filho.

– Então, segundo sua suposição, ele pode ter feito alguma coisa? – perguntou Díaz.

– Ele está aqui? – disse então Salinas.

– Portanto, segundo sua suposição, ele pode ter feito algo, e por isso estaria aqui? – repetiu Díaz.

– Ele foi preso? – perguntou mais uma vez Salinas.

E então o olhar de Díaz já não era nem de longe tão amável.

– Senhor Salinas – observou –, o senhor nos faz perguntas esquisitas. E faz perguntas esquisitas de modo esquisito.

– Está aqui ou não está? – Salinas perguntou e levantou-se de um salto. Por um instante temi que fosse agarrar Díaz pela gola do paletó.

– Sente-se, assim não há diálogo. Parece que está esquecendo, senhor Salinas, onde se encontra – disse Díaz. A essa altura, a voz de Díaz já era desagradável, cada vez mais desagradável.

– Sei onde estou. Vim de vontade própria. Quer me ameaçar? – perguntou-lhe Salinas.

– Não, apenas quero lembrá-lo do regimento interno – respondeu Díaz.

– O que quer dizer com isso?!

– Apenas que quem faz as perguntas aqui somos nós. Nós perguntamos e o senhor responde, senhor Salinas.

E então Díaz se levantou e acendeu o abajur. Contornou a mesa a passos pesados e sentou nela de lado. Bem diante de Salinas.

Rodríguez se levantou e colocou-se ao lado de Salinas.

E eu às suas costas.

– O que querem? – perguntou Salinas, perplexo.

– Nada de mais, senhor Salinas – respondeu Díaz. – Temos algumas perguntas a lhe fazer.

E começamos. *Grosso modo*, do jeito como já descrevi antes.

Salinas mostrou ser um sujeito durão, pôs nossa paciência à prova para valer. Só vencemos sua resistência quando o filho foi trazido. Teve de ser carregado, no sentido exato da palavra, porque andar ele não conseguia.

– Então? – perguntou Díaz.

– Diante do meu filho não – disse Salinas em voz surda algum tempo depois, segurando a cabeça entre as mãos.

– Vai, sim – disse Díaz –, ou lhe quebraremos os ossos. Deixamos que você faça sua escolha.

E Salinas rapidamente criou juízo.

Não queiram que me lembre de tudo com exatidão: quem disse o quê ou perguntou o quê naquela hora e em que ordem. Não me lembro nem mesmo das minhas próprias palavras. Era uma confusão, minha cabeça doía. Vez por outra a febre do trabalho me arrebatava. Inclinava-me para a frente e fazia alguma pergunta.

– De quem Enrique recebeu o envelope?

– De mim.

– A quem Figueras entregou o envelope?

– A mim.

– Quer que acreditemos que você se correspondia consigo mesmo por intermédio de Enrique e de Figueras?!

– Era isso. Sim.

– Acha que somos palhaços?!

– Não posso dizer outra coisa. Foi o que fiz.

– E por que o teria feito?

– Para prevenir o mal, e para que meu filho não desse um passo fatal.

– Que espécie de passo fatal?

– Temia que ele fosse convencido a fazer parte de um movimento estudantil.

– Preferiu convencê-lo, então, a entrar para a sua própria rede secreta.

– Não existe nenhuma rede secreta. Foi tudo invenção minha.

– Que motivo você teria para fazer isso?!

– Já disse. Para proteger meu filho.

– E por que, para isso, precisava dessas cartas?!

– Para satisfazer a fantasia dele e satisfazer seu desejo de agir. Ele não teria me escutado se eu viesse com motivos sensatos. Deveria lhe dar a impressão de que ele estava fazendo um trabalho secreto.

– E não era isso que ele fazia?

– Não. Ele é inocente. Ele, Figueras e eu também. Posso provar.

– Estamos um pouco longe disso ainda. O que quer dizer ROMET?!

– É um anagrama da palavra "temor". Foi essa palavra que coloquei em todos os envelopes. Já usei três envelopes...

– Dois!

– Então, não sabem do primeiro. Passaram a observar meu filho tarde. Ainda restam sete envelopes...

– Onde?

– No Tabelião Quinteros. Depositei-os lá.

– Por quê?

– Por garantia, e, caso fosse necessário, para comprovar a inocência do meu filho.

– Foi um pouco tarde.

– Agi no interesse dele. Vi que ele se precipitava à sua própria ruína. Era o temor que me guiava, fiz tudo só por ele. Vocês abusaram da sua ingenuidade! Assassinos! Patifes!

Houve um silêncio.

Depois voltamos a tratar dos envelopes.

– Coloquei papéis iguais em todos os envelopes. Eles eram numerados, e em todos escrevi a mesma coisa: ROMET. E todos foram escritos na minha máquina de escrever, para que as letras pudessem ser comparadas. Exorbitaram de suas atribuições, e todos terão de responder por isso! Os envelopes depositados no Tabelião Quinteros...

E assim por diante. Deveria dizer que o que Salinas contou me surpreendeu? Naquela noite já nada me surpreendia. Porém, Díaz se levantou de um salto, como se tivesse sido picado por um marimbondo. Em geral, era um homem calmo o Díaz, nunca o vira assim tão alterado.

Inclinou-se sobre Salinas, quase lhe tocando o rosto.

– O senhor acha que somos idiotas?! Quem pensa que somos? Juristas de bunda presa a uma cadeira que vão tirar o chapéu diante do seu tabelião?! Acha que nunca ouvimos falar em jogo duplo? Acha que somos incapazes de perceber que o senhor encobria uma correspondência com a outra?! Acha que não sabemos quantos significados um mesmo código pode ter?!... Não pense que vai se livrar de nós! Não enquanto não descobrirmos toda a verdade!

E recomeçou tudo, do início.

Não queiram saber o que mais aconteceu naquela noite. Já não era um interrogatório, era, sim, o portal do inferno. Eu era um novato, digo, só então pude começar a enxergar direito onde estava na realidade e com que havia me comprometido. Sabia, é claro, que no Departamento as medidas eram diferentes, mas achava que, mesmo assim, houvesse medidas. Pois bem, não havia: não queiram saber o que aconteceu lá naquela noite.

O tabelião foi trazido também. Ele foi trazido porque não fez a denúncia obrigatória dos cidadãos, e nós o trouxemos porque Díaz assim quis. Nós o surpreendemos no meio do jantar; estava justamente festejando algo. Era um homem seguro de si, o tabelião; protestou com veemência, exigiu um advogado.

Depois ficou sentado entre nós, com a camisa rasgada; as bochechas antes reluzentes devido à pomada haviam perdido o brilho, o lábio inferior carnudo pendia mole.

– Não entendo os senhores – balbuciava –, não os entendo. O que querem de mim? Pois se o Estado confia em mim...!

– Bem, sim. – Díaz balançava a cabeça como um professor do primário. O problema é que nós não confiamos no Estado.

O tabelião olhava para ele, embasbacado, com seus olhinhos sem vida.

– Não entendo – disse –, não entendo. – Então acreditam em quê?...

– No destino. Mas no momento nós é que assumimos o papel do destino: portanto, em nós mesmos – disse Díaz com seu sorriso inigualável, sentado de lado na mesa.

A mim isso pareceu um recado que Díaz enviava a mim através do tabelião. E eu finalmente entendi a lógica de Díaz, pelo menos acho que entendi. Entendi que nessa hora abrimos mão de tudo o que ainda nos ligava às leis dos homens, entendi que dali para a frente não poderíamos confiar em mais ninguém a não ser em nós mesmos. Bem... e no destino, nessa engrenagem insaciável, ávida e eternamente faminta. Ainda éramos nós que a fazíamos girar? Ou era ela que girava a nós? Agora já tanto faz. Achamos – como digo – que sabemos tirar proveito dos acontecimentos, mas depois queremos apenas saber para que diabo de lugar eles estão nos arrastando a todo o galope.

***

Os interrogatórios ainda duraram algum tempo. As testemunhas foram intimadas a comparecer, lavramos os autos, os procedimentos judiciais foram cumpridos. E fomos apertando cada vez mais a teia da lógica. O Dossiê Salinas ficou grande. Depois o pusemos de lado. Tínhamos muitos afazeres então; os sinais de mau agouro estavam se multiplicando. Só as fitas continuavam rodando sem parar, automaticamente, no gravador. Fixavam suas palavras, os leves ruídos de sua vida de presos, pelas quais já ninguém se interessava.

Mas eu muitas vezes as ouvia. Pena que não estejam comigo, faria bom proveito delas, a exemplo do diário de Enrique.

Mas elas estão vivas em minha memória, eu as tenho, e não param de girar. Agora é uma breve lembrança, um fragmento insignificante do original, mas a memória é assim mesmo. Reúne pedaços de sons, mantém só o essencial, complementa os significados já um tanto desbotados e faz-nos ouvir, sem que lhe tivéssemos pedido, o que talvez preferíssemos apagar.

E entre as palavras estão os silêncios. Desses silêncios é que eu menos gosto. Porque nunca são silêncios absolutos. Estão cheios de pequenos ruídos característicos, de suspiros, gemidos. Esse é o verdadeiro som dos aprisionados. A quantidade de nuances que os suspiros têm, por exemplo – só essas fitas sabem. Mesmo que me achem um maníaco, o que eu menos aguento são esses silêncios.

– Você me odeia, Enrique?

– É claro que o odeio, pai. Quer água? Ainda tenho um pouco. Não tome tudo!

Goles, goles longos, difíceis. Silêncio. Ciciar. O ciciar do estrado de tela metálica. Mesmo no cativeiro procuramos o conforto – ultimamente passei a ser receptivo a isso, extremamente receptivo. Gemidos.

– Quer ajuda, pai?

– Não. Está bem assim...

– Dói?

– Já está melhor. Eu queria o seu bem, Enrique... Você não sabia o que queria... Não podia saber. Você deveria viver, esse era meu único objetivo. Ganhar tempo... Sobreviver...

– Espero que me matem.

– Não diga bobagens, Enrique! Eles não têm nenhuma prova séria... Nós não fizemos nada. Eles têm que soltar a gente!

– Não quero mais sair daqui. Esse único favor eles ainda têm que me prestar. Talvez o façam mesmo, porque não sabem que se trataria de um favor...

– Está louco, Enrique, pense na vida!... Pense no mundo!...

– Não consigo. Você pôs o mundo de cabeça para baixo para mim, pai... Se não me matarem, eu é que vou me tornar um assassino. E talvez você seja o primeiro, pai... Quer um pouco de água? Mais água?

A fita gira, minha memória fervilha de sons.

– É noite, Enrique?

– Provavelmente, pai... Além desta parede as pessoas estão dizendo umas às outras, bem agora: "Boa noite, minha senhora. Boa noite, meu senhor. Temos uma bela noite hoje. E a sua distinta família?"

– Ainda sabe, Enrique, como é uma noite lá fora? Uma noite comum, trivial... quando, de repente, as luzes da cidade se acendem... Luzes comuns, as de costume, que oferecem aperitivos, refrescos, mercadorias da moda e bens duráveis? Os odores, Enrique... da gasolina, do suor, do perfume... Os sons...

– Não devaneie, pai, pois daqui a pouco estaremos mortos!

– Não, Enrique! Não!... Meus amigos não podem me abandonar. Minha morte lançaria uma sombra sobre eles também... uma sombra pesada... Não, eles não tolerariam isso de modo algum... Lá fora eu também não toleraria se um homem de negócios de peso... um líder entre os homens de negócios... Não, não é possível! Sua mãe agora está movendo céu e terra lá fora... Está usando toda a sua influência. O comércio é a base de sustentação do Estado, entenda isso! Diante do comércio, até mesmo o Coronel tem de capitular!...

– Estou abismado, pai! Ainda tem esperanças? Mas o que quer?! Depois de tudo isso, o que mais pode querer ainda?

E então veio um som. Uma palavra que eu não conseguia entender. Tive de aumentar o volume do aparelho para poder filtrar aquele sussurro. Agora que meu próprio futuro se tornara tão duvidoso, mesmo que eu não possa dividi-lo, estou inclinado a compreender aquela devoção que Salinas resumiu nesta única palavra:

– Viver...

***

Depois, um dia, aconteceu o atentado. De certo, devem se lembrar dele, é claro que se lembram. Houve muita confusão: deslocamento de tropas, estado de emergência e coisas assim. Houve reunião de emergência do ministério, criação de uma comissão parlamentar de inquérito, escândalos diplomáticos e protestos internacionais. Por alguns dias o mundo todo só falou nisso.

E nosso escritório recebeu a ilustre visita do Coronel.

– Idiotas! Vocês perdem seu tempo com quê? – começa dizendo. Por exatos cinco minutos ele derrama sobre nós sua ira, e nós permanecemos calados, cabisbaixos como as plantas durante a tempestade. Depois, aos poucos vai diminuindo de intensidade, como os estrondos de um trovão passageiro.

– Como anda o caso Salinas? – pergunta subitamente. Não pergunta a Díaz, a Rodríguez nem tampouco a mim. Pergunta apenas como quem não quer nada, como quem atira uma bola: para quem a apanhar.

Ninguém faz muito esforço para apanhá-la, então quem a apanha sou eu, o novato.

– Por enquanto – digo –, estamos em ponto morto.

– Entendo – diz então o Coronel. – Em ponto morto. E o que isso significa? – pergunta agora a mim de modo pouco amigável, a bem da verdade.

– No momento – digo –, como direi... a investigação está meio paralisada.

– Entendo – diz ele. – O que sugere então? – Era uma pergunta desagradável e por demais perigosa. Eu poderia ter lhe dito, sabido que sou, que aqui cabia a Díaz fazer uma sugestão. Já via pelo canto do olho o sorriso inigualável de Díaz e o faiscante olhar de leopardo de Rodríguez. Mas eu é que apanhara a bola, e, já que a havia apanhado, segui adiante.

– Eles deveriam ser postos em liberdade – digo, sem nem ao menos gaguejar.

– Sei. E qual é o estado de saúde deles? – pergunta então o Coronel.

Faz-se silêncio, um silêncio prolongado.

– Entendo – diz mais uma vez o Coronel. Aos poucos, sua voz vai aumentando, torna-se cada vez mais forte e alarmante, como as sirenes. – Portanto, o Departamento mantém presas pessoas inocentes. O Departamento tortura pessoas inocentes. O que vou dizer aos congressistas?! O que vou dizer à Associação Comercial?! O que vou dizer à imprensa estrangeira?!...

E agora ele já está na minha frente, e berra direto na minha cara:

– Inspetor! O senhor será responsabilizado por isso. Responsabilizado e condenado, e vai apodrecer na cadeia! Entendeu?!

Entendi, como não entenderia? Entendi a tal ponto que tremia como vara verde. Mas não era o Coronel que me fazia tremer, como ele decerto supunha. Era a lógica que me fazia tremer naquele momento, nada mais.

E então, de repente, o Coronel segura o meu nariz. Como se deve, com os dois dedos, como se faz com os molecotes. Torce-o algumas vezes, depois me dá um tapinha benevolente.

– Seu boboca – diz ele com brandura –, seu boboca!

E então dirige-se à mesa de Rodríguez. Ele tinha reparado no boneco, eu já percebera isso antes.

– O que é isso? – quer saber.

– Isto? – sorri Rodríguez pudicamente. – É o balanço de Boger.

– Boger? – pergunta o Coronel. Curioso, todos logo perguntam isso. – Por que Boger?

– Foi ele quem o inventou – explica Rodríguez. E entra em detalhes sobre a máquina. Vocês já conhecem o papo, prefiro não repeti-lo. – Esta parte aqui – e desenha com o dedo um pequeno círculo sobre ela – fica livre.

Não precisou falar muito, o Coronel logo compreendeu.

– Seus patifes – diz o Coronel com ar divertido –, seus patifezinhos! – Com o dedo, gira o boneco algumas vezes. – Quero interrogar esse Boger, mandem-no para mim.

– Não podemos, senhor Coronel – desculpa-se Díaz.

– Por quê? – diz surpreso o Coronel.

– Porque ele cumpre pena de prisão perpétua na Alemanha – diz Díaz. Sim, assim é que era Díaz. Não dizia nada a ninguém, mas ia atrás. E depois, inesperadamente, depositava na mesa o que sabia, sempre quando aquilo fosse desagradável para alguém. Não fazia exceção nem mesmo com o Coronel.

– Idiotas – diz o Coronel, fechando a cara. E se dirige apressado à porta.

– Senhor Coronel! – A voz de Díaz ainda o alcança. – O que vamos fazer então no caso Salinas?

O Coronel volta-se, pensa por um instante.

– Junte as provas – diz em seguida. – Daqui a uma hora e meia o tribunal de exceção estará reunido.

Díaz não precisou de uma hora e meia para isso. Quero ser mico de circo se alguém mais além de Díaz seria capaz de, com tal rapidez, lavrar um auto sobre um inquérito inteiro de um crime de conspiração secreta contra a segurança da Pátria.

Duas horas depois estávamos parados, Díaz e eu, no vão de uma janela, num dos corredores de estilo clássico do prédio da sede. A vista dava para um pátio estreito. Num lado havia estacas enfileiradas. Em duas delas, no centro, já estavam amarrados os dois Salinas, pai e filho. Defronte deles, duas fileiras da guarda, o pelotão de fuzilamento.

– É pouco amistoso – diz Díaz, torcendo o nariz.

Díaz está sombrio, isso às vezes o apanha de surpresa nas horas vagas.

– A nossa profissão – medita – é arriscada. – Hoje você está aqui em cima na janela e amanhã, quem sabe, lá embaixo, amarrado à estaca.

Nesse momento soa a descarga. Será que estremeço? Não sei. De repente apenas sinto o olhar de Díaz sobre mim.

– Está com medo? – pergunta, e sua cara lisa brilha com uma curiosidade petulante. O que eu mais tenho vontade é de lhe aplicar um soco bem dado. Já sei que, quando chegasse a hora, ele iria dar no pé, e o mandado de busca seria inútil; nunca o pegariam. Sempre pegam a mim, quero dizer, gente como eu.

– De quê? – pergunto a Díaz.

– Bem... – aponta com a cabeça para o pátio, onde os dois Salinas balançam como dois sacos vazios, presos às amarras – ... daquilo!

– Daquilo – encolho os ombros – não tenho medo. Só do longo caminho que conduz até lá.

Como já disse, naquela época eu era apenas um novato.

(1975)

Nos subterrâneos do século xx
Luis S. Krausz

Imre Kertész (1929-), Prêmio Nobel de Literatura em 2002, mergulhou pela primeira vez no submundo de horror dos regimes totalitários quando tinha apenas 14 anos. Procedente de uma família burguesa assimilada à cultura húngara, em 1944 foi aprisionado pelos nazistas por causa de sua origem judaica, na Budapeste natal. Deportado para o campo de concentração, trabalhos forçados e extermínio de Auschwitz, e de lá para Buchenwald, conheceu em sua primeira juventude o horror em grau absoluto, testemunhando o suplício de milhares de seus companheiros de infortúnio e chegando, ele mesmo, muito perto da morte. Salvou-se graças a um acaso, quando já perdera todo o desejo de viver. Liberto por soldados soviéticos, retornou à sua cidade para descobrir que o pai fora morto durante a guerra e que muitos de seus parentes haviam desaparecido sem deixar rastros.

Do conjunto de sua obra literária, as produções mais conhecidas são os romances parcialmente autobiográficos *Sem destino, O fiasco* e *Kadish por uma criança não nascida*, todos publicados no Brasil. Neles, Kertész percorre diferentes sendas em um grande trajeto reflexivo ao redor da tirania, da vida sob os totalitarismos do século xx e da desumanização e absoluta alienação do ser humano sob os regimes ditatoriais.

A transformação do ser humano em coisa, as aberrações psíquicas e mentais dos tiranos, a destruição espiritual e física causada pelo uso indiscriminado da violência são, portanto, pontos fulcrais da obra de Kertész. Essa temática resulta menos de uma eleição do que de uma compulsão em narrar o inenarrável, desde que estes temas o enredaram na juventude, e pela vida afora.

Se a matéria da literatura de Kertész são as aberrações construídas sobre o avesso dos valores cultivados pelo humanismo europeu, sobre o desvirtuamento dos valores do Iluminismo e sobre a corrupção de uma cultura fundada no respeito às liberdades e aos direitos individuais no século xx e em todos os continentes, ele apenas pôde libertar-se dessa temática quando, já no limiar da velhice, sua obra recebeu o devido reconhecimento no Ocidente, ao mesmo tempo em que o regime tirânico que governava sua Hungria natal, instaurado por Stálin no imediato pós-guerra, era deposto – sem que com isso fossem, porém, abolidas suas desastrosas decorrências de longo prazo.

A longa vivência sob o totalitarismo comunista, assim, somou-se à sua impronunciável experiência de sobreviver a um campo de concentração nazista. Como resultado, moldou as particularidades de um interesse literário que se volta (na mesma tradição centro-europeia inaugurada por Kafka) acerca do absurdo das sociedades modernas surgidas na esteira da Primeira Guerra Mundial.

Como ele mesmo afirma em seu prefácio à primeira edição estrangeira de *História policial*, a localização da narrativa no continente latino-americano serviu ao propósito de contornar as restrições da censura a que estavam sujeitas todas as publicações na Hungria comunista dos anos 1970. No entanto, ao leitor mais atento não escapará o fato de que tudo o que dizia respeito às arbitrariedades cometidas pelos poderes constituídos no país imaginário concebido por Kertész, subjugado a uma ditadura de direita, poderia aplicar-se também, consideradas as diferenças, às realidades das ditaduras comunistas da Europa Central e do Leste. Prisões arbitrárias, tortura, desaparecimentos, a necessidade de o aparelho repressivo produzir seguidamente novos acusados e novas vítimas – tudo isso é parte integrante do cotidiano nas ditaduras de todos os matizes, e em todas as partes do mundo. Daí a existência de um trágico universalismo neste e em outros romances de Kertész: há continuidade lógica entre os diversos territórios onde foram instauradas ditaduras, de esquerda ou de direita, de tal maneira que o Leste Europeu, a América Latina, a Ásia e a África se tornam diferentes faces de uma mesma continuidade, aquela do totalitarismo, que Kertész propõe-se a descrever.

Sob tais circunstâncias, a única filosofia de vida possível, conforme nos mostra Kertész nesta narrativa emblemática, é a do "não existencialismo", isto é, a de conformar-se com uma vida *inexistente*, de maneira a sobreviver. Ainda que em grau evidentemente menor, isso representa a mesma estratégia de sobrevivência adotada pelo protagonista de *Sem destino*, o livro parcialmente autobiográfico de Kertész que trata da experiência dos que foram deportados, sob o nazismo, para os campos de concentração, trabalhos forçados e extermínio. Ao se conformarem às condições subumanas, mas não se identificarem com elas, restava-lhes alguma chance de preservar resquícios de sua identidade humana.

É a esse mesmo expediente que recorre Kertész para sobreviver e preservar de alguma maneira a sua integridade sob os meandros da opressão de um regime que o perseguia, em sua terra natal, por motivos raciais e políticos, depois de sua sobrevivência e de seu retorno, quando se tornou desafeto do regime comunista. É através do "não existir", por assim dizer, que ele continuou existindo, assim como os personagens anônimos de que fala Enrique, o personagem de *História policial*, ao referir-se àqueles que "se acostumaram" a viver sob a ditadura, transformando-se num "museu de cera de pequenos-burgueses" (p. 39). "A vida", diz ele, expressando uma ideia que talvez represente o pensamento do autor, "também é uma forma de suicídio: a desvantagem é que demora demais" (p. 43).

História policial transforma-se num suspense que conduz a profundezas cada vez mais abissais, onde a corrupção e o cinismo corrosivo contaminaram, como uma metástase, todo o corpo social, e onde já não se vislumbra mais qualquer possibilidade de redenção. Aproximamo-nos dos personagens desta narrativa através de um labiríntico jogo de espelhos que se refletem mutuamente e que aos poucos nos conduzem a um lugar de onde não se pode mais sair ileso: todos estão envolvidos no ciclo infernal da violência, em que não há mais leis, em que cada um pode apenas confiar em si mesmo. E a essa "engrenagem insaciável, ávida e eternamente faminta" (p. 104) dá-se um nome: destino.

O destino é esta mesma entidade que Kertész menciona nas páginas finais de *Sem destino*: "Se existe um destino, a liberdade não é possível, porém, se existe liberdade, não há destino – ou seja, nós mesmos somos o destino."[1] "Continuo a viver minha vida impossível", diz o protagonista do livro, "porque não há absurdo com o qual não seja possível viver com total naturalidade."

Conforme o parecer da comissão julgadora do Prêmio Nobel, Kertész foi laureado por retratar "a frágil experiência do indivíduo contra a bárbara arbitrariedade da história", enquanto sua mensagem é de que "viver é conformar-se. A capacidade dos cativos de lidar com Auschwitz é um dos resultados do mesmo princípio que se expressa na existência humana cotidiana".

O "não existencialismo", a cultura da resignação, reafirma-se em *História policial* como a única postura viável diante das arbitrariedades, sejam estas as da história construída pelos homens, sejam estas as de um destino impessoal e inexorável.

---

1   KERTÉSZ, Imre. *Sem destino*. São Paulo: Planeta, 2003, p. 175

Do existir sem existir, do ser sem ser, dessas questões basilares do homem em tempos de genocídios e de totalitarismo é que trata, em toda a sua extensão, a obra incisiva e lúcida deste que é um dos grandes narradores dos subterrâneos do século xx.

Sobre o tradutor e o posfaciador

Gabor Aranyi nasceu em 1942, em Budapeste, Hungria. Quinze anos depois chegou ao Brasil. Editor e tradutor, trabalhou na húngara Landy e na Brasiliense. Anos mais tarde, abriu sua própria livraria e comprou a Parthenon, fundada por José Mindlin. A junção deu origem à livraria Veredas, que mais tarde se tornaria uma editora, coordenada por Gabor até hoje. Tradutor prolífico, foi responsável pelo texto em português de autores como Tchékhov, Ibsen, Strindberg, Gogol e Tibor Déry.

Luis S. Krausz é professor de literatura hebraica e judaica na Universidade de São Paulo, escritor e tradutor. Autor de *Desterro: memórias em ruínas* (Tordesilhas, 2011) e *Deserto* (Benvirá, 2013), traduziu para o Tordesilhas os romances *A pianista* (2011), de Elfriede Jelinek, e *Retrato da mãe quando jovem* (2012), de Friedrich Christian Delius, pelo qual ganhou o prêmio Jabuti de melhor tradução do alemão.

Este livro, composto com tipografia Electra e
diagramado pela Alaúde Editorial Limitada,
foi impresso em papel Lux Cream setenta gramas
pela Bartira Gráfica no quinquagésimo primeiro ano
da publicação de *Eichmann em Jerusalém*, de Hannah
Arendt. São Paulo, março de dois mil e catorze.